ELANA BREGIN

Der Junge, der sein Herz wiederfand

Autorin

Die südafrikanische Autorin Elana Bregin liebt Menschen, Landschaften und die schillernden Facetten Afrikas. Sie setzt sich intensiv für Menschenrechte, für den Schutz von Tieren und unseres Planeten ein und hat zahlreiche Romane verfasst, die zum Teil ausgezeichnet wurden. In Südafrika gehören ihre Bücher zur Schullektüre. Bevor sie Schriftstellerin wurde, arbeitete sie viele Jahre als Verlagslektorin. Heute leitet sie Schreibseminare.

Besuchen Sie uns auch auf www.instagram.com/blanvalet.verlag und www.facebook.com/blanvalet.

Elana Bregin

Der Junge, der sein Herz wiederfand

Ein Südafrika-Roman

Aus dem Englischen von
Regina Jooß

blanvalet

Penguin Random House Verlagsgruppe FSC® N001967

1. Auflage 2022
Copyright der Originalausgabe © 2019 by Elana Bregin
Published by agreement with
agentur literatur gudrun hebel, Berlin
Copyright der deutschsprachigen Ausgabe © 2021 by Limes
in der Penguin Random House Verlagsgruppe GmbH,
Neumarkter Str. 28, 81673 München
Copyright dieser Ausgabe © 2023 by Blanvalet,
in der Penguin Random House Verlagsgruppe GmbH, München
Redaktion: Margit von Cossart
Umschlaggestaltung: www.buerosued.de
Umschlagmotiv: iStock.com/beastfromeast
SH · Herstellung: DiMo
Satz, Druck und Bindung: GGP Media GmbH, Pößneck
Printed in Germany
ISBN 978-3-7341-1184-6

www.blanvalet.de

Kapitel 1

Gemeinsam mit den kleinen Menschen des Flussvolkes durchstreifte er die riesigen Wälder Ituris.
Die zierlichen, dunkelhäutigen Männer in ihren
einfachen Lendenschurzen bewegten sich durch die
dichte Vegetation fast ohne Spuren zu hinterlassen.
Nur für sie und die Tiere war der schmale Pfad,
dem sie folgten, zu erkennen. Ihr Fortkommen verursachte keinerlei Geräusch, nur gelegentlich ein
leises Knacken von einem Zweig, der gebrochen
wurde, um ihnen später den Rückweg zu weisen. Sie
hatten Glück mit ihm, denn auch er machte keinerlei Geräusch. Er verstand es genauso wie sie, seine
Füße lautlos aufzusetzen und seinen Körper zwischen den dichten Bäumen hindurchgleiten zu lassen, ohne anzustoßen. Er war glücklich, wieder hier
sein zu können, eins sein zu können mit dem Wald
und seinem Leben im Überfluss.

Ein scheues Okapi mit weißem Giraffengesicht
und gestreiften Zebrahinterbeinen kam aus dem
Schutz der Bäume und flüchtete wieder hinein. Andere Waldtiere traten an seine Stelle und verharrten ohne Angst, um ihn anzusehen, bis sie wieder
zwischen den Bäumen verschwanden. Vor ihnen
rauschte Wasser: Sie waren zum Fluss Loya gekom-

men. Ein hölzerner Einbaum trieb in seiner Mitte. Er sah seine Mutter darin. Sie trug das Kleid aus dem hellen Batikstoff, das er so gern mochte – gelbe Zebras mit roten Mähnen auf blauem Hintergrund waren darauf zu sehen. Die Haare hatte sie sich nach kongolesischer Art zu vielen Knoten hochgedreht.

»Emanuel!«, rief sie ihm zu. »Komm zu mir ins Kanu. Spring ins Wasser.«

Er tat, was sie sagte, doch der Fluss hatte eine starke Strömung und trieb ihn schnell von ihr fort. Er drehte sich um sich selbst, um sie zu sehen. Sie lächelte.

»Hab keine Angst, ich werde hier auf dich warten!«, rief sie.

Die Landschaft war ihm bekannt. Links von ihm erhob sich der rauchende Vulkankrater von Nyiragongo mit einer Aschenkrone von seinem letzten Ausbruch. Dahinter die drei vertrauten Gipfel: Visoke, Karisimbi, Mikeno. Der Wald begleitete ihn, hohe Comba-Comba-Bäume streckten ihre gefiederten Blätter in den Himmel. Im grünen Dämmerlicht konnte er die unregelmäßigen Erhebungen der Hütten des Flussvolkes mit den Dächern aus Bananenblättern erkennen. Kurz darauf folgten die viereckigen Lehmhütten der Waldmenschen. Hinter seinen Augenlidern folgte ein Bild dem nächsten: Bananenplantagen, in Terrassen angelegte Maniokfelder mit den riesigen Blättern, die wie Elefantenohren aussahen, ein großer Marktplatz auf einer Lichtung aus gestampfter Erde, auf dem Mais, Süßkartoffeln, Bohnen, Papayas und anderes angeboten wurde. Es überraschte ihn, so viel zu sehen. Er begriff, dass das der Ort von früher war. Aus der Zeit des Friedens. Als die Menschen noch pflanzen, ernten und von ihrem Land leben konnten, wie sie es gewohnt waren.

Vor ihm erhoben sich die Berge von Ruwenzori, wo die Gorillas lebten. Er spannte seine Muskeln an, kam mit einem Sprung aus dem Fluss und kletterte mühelos den Hang hoch. Die Vegetation war hier noch dichter als in den Wäldern zuvor, es gab nicht so viele Bäume, dafür riesige Pflanzen, die zu allen Seiten hin grüne Wände bildeten, darüber die tief hängenden grauen Wolken. Diese Ruhe im grünen Dämmerlicht. Keine Vogelrufe. Keine Geräusche von Insekten. Nur das Rascheln der Blätter, wenn ein schwacher Windstoß durch die feuchte Stille drang. Er setzte sich an den Hang und blickte auf die weiten Ebenen hinunter, die sich bis an den Fuß der Berge erstreckten.

Plötzlich bewegte sich das Grün hinter ihm. Er wandte den Kopf, zum ersten Mal rührte sich Angst in ihm. Aus dem Dickicht aus Stämmen und Blättern schob sich eine schwarze Gestalt: ein großer männlicher Gorilla. Mit schaukelnden Bewegungen kam er auf ihn zu und setzte sich neben ihn. Er hatte keine Angst vor dem Gorilla. Gemeinsam – wie Brüder – blickten sie friedlich über die sanften Hügel des Urwalds, über denen dunkle Wolkenschatten hingen.

Er erwachte auf nacktem Stein, unfähig zu atmen. Ein Arm war um seine Kehle gelegt. Ein Paar Hände kämpfte mit seinen Füßen. Er konnte sich nicht bewegen, konnte nicht einmal an sein Messer herankommen, das in einer unsichtbaren Falte innen an seinem Hosenbein versteckt war. Die Hände durchsuchten seine Taschen. Da gab es nichts zu finden. Sie schlugen gegen seinen Kopf, zur Strafe. Sie hätten noch Schlimmeres tun können, hätte das Brüllen sie nicht gestört. Ein großer, bärtiger Bär von einem Mann kam mit schweren Schritten aus einer Häusernische und schwenkte seinen Schlagstock. Die Angreifer zerstreuten sich, seine Schuhe nahmen sie mit.

Sein Retter stand über ihm und sah ihn an.

»*Lungile ngane?* Du bist in Ordnung, mein Sohn?«

Emanuel nickte, konnte aber nicht antworten. Er verstand die Sprachen dieser Region, sprach sie jedoch noch nicht. Auch das machte ihn zu einer leichten Beute.

Kapitel 2

Der Samstag begann immer langsam im Zentrum von Hillcrest. Es dauerte eine Weile, bis die Straßen wach wurden. Noch war es früh, und die Läden waren geschlossen, nur einige Fahrradfahrer in Grüppchen störten den herumwirbelnden Müll bei ihrer Durchfahrt. Eine einzige verschlafene Straßenhändlerin lehnte sich gegen eine Mauer und wartete darauf, dass sie den Fahrern der Pendeltaxis die Süßigkeiten und Früchte auf ihrem improvisierten Tischchen anbieten konnte. Später würde die Old Main Road wieder zum beliebten Treffpunkt werden, der Verkehr würde sich auf der zehn Blocks langen Einkaufsmeile in allen Spielarten stauen: elegante SUVs, auf deren Nummernschildern Namen statt Zahlen standen; glänzende, teure Limousinen neben alten Kastenwagen, die schon bessere Tage gesehen hatten; Taximinibusse, die überall anhielten, wo Passagiere ihnen Zeichen gaben; schicksalsergebene Motorradfahrer, die dahinter anhalten mussten.

Außerhalb der bewachten Areale der Shoppingcenter gingen Kleinunternehmer zu Fuß ihren Geschäften auf der Straße nach. Hausierer und Glücksuchende aller Art wanderten auf den ausgetretenen

Bahnen zwischen den Fahrstreifen entlang und warteten darauf, dass sich ein Autofenster öffnete. Sie hofften auf ein schnelles Geschäft, bevor die Ampel umsprang: handgenähte Schuhbeutel und aus Resten gefertigte Säckchen für Wäscheklammern; Sonnenbrillen, Handtaschen und Steinschleudern; Vögel und andere Tiere, von kunstfertigen Händen aus Draht und Perlen gebogen.

Emanuel saß auf seinem kleinen Grünstreifen hinter der Ampel, genoss die frühe Morgensonne und arbeitete an den Holzkistchen, die er vor den Supermärkten aufgesammelt hatte. Er mochte diesen Platz mit den gelben Stämmen der Fieberakazien, die ein Rasenstück umrahmten. Er war ein bisschen weiter weg von den Autos, seitlich des Kreisverkehrs zwischen Supermarktparkplatz und Tankstelle. Hier war man nicht auf der Straße, hatte aber einen guten Blick darauf. Was bedeutete, dass es sich nicht lohnte, sich um diesen Platz zu streiten. Bisher hatte ihn auch noch keiner deshalb angegriffen.

Er verbrachte den Vormittag meistens hier und arbeitete an seinen Kisten. Dafür nahm er die verdreckten und gesplitterten Bretter auseinander und ordnete die noch brauchbaren neu. Es war nicht schwer, sie zu zerlegen. Manchmal war das Holz verrottet, und die Nägel fielen einfach heraus. Die restlichen Nägel hebelte er mit der Klinge seines Messers aus dem Holz. Er ließ sich gerne damit Zeit, die raue Oberfläche der Bretter abzuschmirgeln, die Nägel zu retten und die guten Teile wieder zusammenzusetzen.

Manchmal verkaufte er eine Kiste. Es spielte keine Rolle, ob er das tat oder nicht. Die Kisten gaben ihm etwas zu tun. Ließen ihn beschäftigt aussehen. Solange du aussahst, als hättest du etwas zu tun, ließ die Straße dich in Ruhe. Es bedeutete, dass du einen Grund hattest, hier zu sein. Dass du niemandem den Platz in der Schlange der Bedürftigen wegnahmst.

Ein großer Polizeiwagen hielt mit quietschenden Reifen auf der anderen Seite der Straße. Noch schenkte ihm niemand Beachtung. Uniformierte schoben sich heraus. Er verspannte sich, fragte sich, ob sie seinetwegen gekommen waren, doch sie waren hinter jemand anders her. Eine Gestalt mit wildem Blick und einer Handtasche hastete über die Kreuzung auf ihn zu. Schwerfällig nahmen die Polizisten die Verfolgung auf. Sie waren nicht gemacht für schnelles Tempo. Die Extrakilos, die sie herumschleppten, machten den Wettkampf unfair.

Der Bösewicht sah zurück und grinste, dann drosselte er sein Tempo, bis er beleidigenderweise nur noch schlenderte. Für einen kurzen Moment begegnete sein scharfer Blick dem Emanuels, dann weidete er die Handtasche aus, warf sie in den Rinnstein und lief die Seitenstraße hinunter, die zur Eisenbahntrasse führte.

Die Polizisten liefen zu ihrem Wagen zurück, stiegen mit genervtem Zungenschnalzen wieder ein und fuhren davon. Emanuel setzte seine Arbeit fort. Seine Hände genossen das Hämmern, die befriedigende Erneuerung von etwas Altem, Unbrauchbarem.

Ein verbeulter roter Toyota, dessen beste Tage bereits vorbei waren, hielt neben seinem Platz an der Ampel.

»Verkaufst du diese Kisten?«, rief ihm die Fahrerin zu.

Er nickte vorsichtig. Sie sah nicht aus, als bräuchte sie Secondhandkisten.

Sie schwenkte in die Parkbucht neben seinem Platz ein und stieg aus. »Wie viel?«

Er hielt fünf Finger hoch.

»Fünf Rand? Das ist viel zu billig. Ich nehme zwei. Hier sind vierzig Rand.«

Er starrte sie an: eine seltsame Frau. So ging das nicht mit dem Handeln. Er nahm das Geld trotzdem.

Es gab nur drei Kisten zum Aussuchen, aber sie ließ sich Zeit und sah sich jede genau an. »Ich nehme diese beiden.«

Sie gab ihm die vierzig Rand. Er sagte nichts.

»Warum malst du nicht etwas darauf?«, fragte sie. »Eine Blume. Und mach die Bretter näher zusammen. Dann können die Leute sie verwenden, um Gemüse darin zu pflanzen.«

Er nickte höflich.

Sie stieg zurück in ihren Wagen, der eine gründliche Wäsche nötig gehabt hätte, und fuhr davon.

Die vierzig Rand vibrierten in seiner Hosentasche. Er ließ seine übrig gebliebene Kiste stehen und ging zu dem Imbiss an der Ecke, setzte sich an den einzigen Tisch im Freien. Ein richtiger Kunde, der köstliches vegetarisches Curry löffelte, die Sauce

mit Brot auftunkte und die Reste mit der Zunge ab-
schleckte. Fleisch aß er zurzeit nur selten, es erinnerte ihn zu sehr an den Geruch von Leichen.

Ein paar Tage später war seine einzige Kundin wieder da, ihr rotes Auto war jetzt noch staubiger. Das
Rücklicht war zerbrochen, und die Karosserie hatte
eine neue Beule.

»Hallo!«, rief die Fahrerin. »Wie läuft das Geschäft mit den Kisten?«

An diesem Morgen hatte er vier Stück, die neu
zusammengesetzt waren und in einem Halbkreis
um ihn herumstanden. Eine fünfte ließ sich nicht
mehr retten, also nutzte er sie als Sitz. Die vier Kisten waren dieselben wie gestern. Niemand wollte
sie kaufen.

Sie wartete seine Antwort nicht ab, sondern pol-
terte wie ein Sammeltaxi auf den Bordstein, ohne
auf das Hupkonzert hinter sich zu achten. Dann
stieg sie aus und ging um das Auto herum zur Beifahrerseite, um etwas herauszuholen.

»Ich wollte dir meine Gemüsekiste zeigen. Schau,
wie gut sie funktioniert«, sagte sie. »Ich habe den
Boden mit Zeitungspapier ausgelegt und sie dann
mit guter Pflanzerde gefüllt.«

Reihen grüner Setzlinge winkten ihm mit ihren
Ranken fröhlich zu.

»Warum probierst du nicht, was ich vorgeschla-
gen habe? Male ein paar Blumen oder Gemüse-
pflanzen auf die Seiten deiner Kisten. Mach sie an-
sprechender. Und mach ein bisschen Werbung. Die

Leute nehmen dich nicht wahr, wenn du hier sitzt. Ein nettes Schild an diesem Pfosten würde das ändern. Hier, ich habe dir ein bisschen Farbe gekauft.«

Sie verstand es nicht. Er wollte nicht besser zu sehen sein. Gesehen zu werden bedeutete Ärger zu bekommen.

Sie legte zwei Tuben Farbe auf den Boden vor ihm. Er sah sie an, hob sie aber nicht auf. Warum interessierte sie sich so für das, was er tat? Gehörte sie zu den rechthaberischen Leuten, die immer dachten, sie müssten die Welt retten?

»Ich kann meine Kiste hierlassen, wenn du willst«, schlug sie vor. »Dann können die Leute sehen, was man mit den Kisten machen kann.«

Er schüttelte den Kopf.

»Sicher?«

Ihre Beharrlichkeit ging ihm langsam auf die Nerven. Wortlos stand er auf und ging davon, auf die Seitenstraße zu, in der vor ein paar Tagen der Handtaschendieb verschwunden war, ließ sie einfach stehen, obwohl sie immer noch redete.

In den nächsten Tagen hungerte er. Die meiste Zeit regnete es stark. Auf den Verkehrsinseln standen armselige durchweichte Gestalten, die zitternd an das Mitleid der Vorbeifahrenden appellierten. Ein paar Fenster wurden heruntergelassen, ein oder zwei Münzen wurden in die Plastikbecher der Bettler geworfen.

Bei diesem Wetter hatte er keine Chance auf einen Gelegenheitsjob wie eine Schicht Parkplatzwache oder das Waschen eines Autos, bezahlt mit ein paar Rand oder einer warmen Mahlzeit. Seine Mutter hatte Glücksarbeiten dazu gesagt, zu allem, was einem so unterkam, während man herumzog. Manchmal brauchten sie ihn, um etwas zu heben oder zu tragen. Manchmal wollten sie ihn als menschliche Werbung, wollten, dass er den ganzen Tag mit einem Schild oder einem Hühnerkopf auf der Straße herumstand. Oder sie gaben ihm Flugblätter, die er an Autofahrer verteilen sollte. Das war schwieriger, als es sich anhörte. Niemand riskierte es gerne, sein Autofenster herunterzukurbeln. Man könnte ja ein Whoonga-Junkie sein, der einem Autofahrer die Brille von der Nase schlagen würde.

Er verfiel in Winterschlaf, bis die Welt wieder trocken war, vergaß im Traum seinen Hunger. In einigen Zentren, durch die er gekommen war, gab es Anlaufstellen von Wohltätigkeitsorganisationen, wo man für wenig Geld eine Mahlzeit bekam und duschen konnte. Aber in den Vororten oberhalb der Autobahn nach Durban existierte kaum dergleichen. Einem blieb nichts übrig, als mit den anderen nach Nahrung zu suchen. Wäre seine Mutter hier gewesen, hätte sie gewusst, wie sie ihnen ein Einkommen sichern konnte. Sie hatte die Gabe, alle Chancen zu erkennen, und genügend Charme, um sie auch zu ergreifen.

»Iss nichts aus den Mülltonnen«, hatte sie ihn immer ermahnt. »In dieser Hitze verdirbt das Essen schnell. Es wird dich krank machen.«

An manchen Tagen war es schwer, ihren Rat zu befolgen. Die Glücksarbeiten blieben aus. Das zum Überleben notwendige Einkommen verdienten Geschäftstüchtigere.

Er war nicht beharrlich, so wie der Besenverkäufer. »Eine kleine Unterstützung, Mama. Nur vierzig Rand für dich. Ich habe heute noch nichts verkauft.«

Oder der zahnlose Avocadoverkäufer: »Fünf für zwanzig Rand, Miss, billig, billig. Sehr gute Avocado, diese. Schau, wie Butter.«

»Helfen, Mama. Ich bin hungrig, Mama. Nur ein bisschen. Ich habe heute noch nichts gegessen.«

Die Frauen hatten ein weiches Herz, hatte er festgestellt. Sie waren es, die sich zu noch einem Reisigbesen überreden ließen, obwohl er gesehen hatte, wie sie genauso einen ein paar Tage zuvor erst gekauft hatten. Sie kauften die Avocados, die viel zu früh von den Bäumen an der Straße gepflückt worden waren, sodass sie, statt reif zu werden, innen verfaulten. Sie gaben einer armseligen Gestalt, die nichts hatte außer den eigenen Hunger, Brot oder Äpfel oder gerade erst gekauftes Gebäck.

Das von ihnen verschenkte Essen war kein halb vergammelter Rest, wie einige Autofahrer ihn durchs Fenster reichten, als wäre man ein Mülleimer. Dieses Essen hatte Qualität. Du bist ein Mensch, sagte es. Du bist wichtig. Kein Abfall, der mit dem Rest weggeworfen werden sollte.

Irgendwann hörte der Regen auf. Er ging zurück zu seinen nutzlosen Kisten. Die ungewollten Farbtuben lagen immer noch im Matsch.

Um sich selbst aufzuheitern, versuchte er, eine große gelbe Sonnenblume mit breiten grünen Blättern zu malen, so wie die, die in seiner Heimat am Straßenrand wuchsen. Das waren die einzigen zwei Farben, die er hatte. Als Pinsel verwendete er einen angespitzten Stock, mit dem er die Farben in mehreren Schichten auftrug. Das Holz sog die Farbe auf, als wäre sie Wasser, doch er ließ sich Zeit. Es überraschte ihn, wie viel Spaß ihm diese Beschäftigung machte. Das Ergebnis war gut. Die gelben Blütenblätter sahen so dick und lebendig aus, dass man sie berühren wollte. Der knollige Fruchtstand der Sonnenblume bestand aus verschwommenen blauen Punkten, die aus einer Schicht Gelb über dem Grün entstanden waren. Er fügte noch eine gestreifte Biene hinzu, die auf der Blüte saß.

»Wie viel kostet die Kiste mit der Sonnenblume darauf?«

Sie schon wieder. Sie sah aus, als hätte sie sich vom Wind durchpusten lassen. Aus ihrem Knoten hatten sich Haare gelöst, als wäre sie mit ihrem Besen hergeritten. Der rote Wagen wirkte wie ein Rennauto, das durch Matsch gerast war.

Er hielt einfach zehn Finger hoch.

»Ich nehme sie.«

Sie schaukelte auf ihren Parkplatz auf dem Bordstein, stieg bei laufendem Motor aus und gab ihm einen roten Fünfziger. Dann nahm sie die Kiste und fuhr davon, ohne auf Wechselgeld zu warten.

Er machte sich auf den Weg zu seinem Lieblingsimbiss, der gutes Essen anbot. Dort hatte er sich gerade erst gesetzt und begonnen, seinen Hunger mit einem dampfenden vegetarischen Curry in einem halbem Brotwecken zu stillen, da sah er das vertraute Rot in der Autoschlange aufblitzen.

»Hey, mon *ami*, wäschst du Autos?«, rief sie aus dem Fahrerfenster, sodass es die ganze Straße hören konnte.

Er erstarrte mitten in der Bewegung, das Brot auf halbem Weg zum Mund. Woher wusste sie, dass er Französisch sprach? Er hatte nie ein Wort mit ihr geredet.

Anscheinend konnte sie ihn einfach nicht in Ruhe lassen. Wie eine lästige Fliege.

»Mein Auto braucht eine gründliche Wäsche, wie du siehst. Wenn ich es hinter dem Supermarkt dort parke, kannst du es für mich waschen?«

Er nickte. Auch wenn diese Fremde ihn mit ihrer Einmischung nervte: Glücksarbeiten boten sich so selten an, dass man sie nicht ausschlagen konnte.

»Warte da auf mich, wenn du fertig bist mit dem Essen«, befahl sie ihm. »Ich bin sofort zurück.«

Sie kam so schnell wie versprochen und brachte einen Eimer, der randvoll war mit Seifenwasser, einen anderen mit klarem Wasser zum Abspülen und einen Putzlappen.

»Leer das Wasser über dem Abfluss aus, nicht auf dem Parkplatz. Mach hier keine Sauerei, sonst schimpfen sie mit dir. Und ich auch. Und erledige den Job ordentlich«, wies sie ihn an. »Ich warne dich: Ich habe sehr genaue Vorstellungen. Ich zahle nicht für schlampige Arbeit.«

Damit ging sie davon, um ihre Einkäufe zu erledigen, und ließ ihn allein zurück.

Ihr Auto hätte eher eine Scheuerbürste gebraucht als einen Putzlappen. Der Matsch war hartnäckig und ging nicht so leicht ab. Er setzte seine ganze körperliche Kraft ein und genoss die Arbeit. Es war gut, etwas zu tun zu haben, einen richtigen bezahlten Job.

Gerade als er fertig war, kam sie zurück, einen mit Schachteln beladenen Einkaufswagen vor sich her schiebend.

»Ist das mein Wagen?« Sie lächelte. »Ich hatte ganz vergessen, dass er so rot ist.«

Sie inspizierte ihn gründlich, genau wie sie es mit den Kisten gemacht hatte. Rieb an ein oder zwei Flecken herum, beschloss dann wohl, dass es sich dabei um Rost und nicht um Dreck handelte, und richtete sich auf.

»Nicht schlecht«, gab sie, sichtlich erstaunt, zu. »Du warst gründlich, das gefällt mir.«

Sie gab ihm Geld. Einen Hundertrandschein diesmal. Sie schien keine Ahnung von den üblichen Preisen zu haben. Er hatte mit höchstens zwanzig Rand gerechnet.

Sie stand vor ihm und sah ihn so intensiv an, dass er unruhig wurde. Er wandte den Blick ab und massierte sich, verunsichert von ihrem scharfen Blick, den rasierten Kopf.

»Ich habe noch eine andere Arbeit für dich«, sagte sie, »weil du das hier so gut gemacht hast.«

Misstrauisch sah er sie wieder an.

»Ich brauche einen Gehilfen für das Wochenende. Er soll mir bei ein paar Recherchen helfen, die ich mache. Hast du Lust?«

»Was für Arbeit?«, fragte er.

»Oh, du hast eine Stimme«, erwiderte sie. »*Bonne.* Ich habe mich schon gewundert. Es wird eine Exkursion. Nichts Schwieriges, versprochen. Vielleicht wird es dir sogar gefallen. Ich erkläre dir mehr auf dem Weg dorthin.«

Sie drehte sich um und lud ihre Einkäufe in den schon fast vollen Kofferraum.

»Aber du solltest dich schnell entscheiden. Ich muss los.«

Sie warf den Kofferraumdeckel zu und sah ihn an.

»Nun?«, fragte sie. »Was meinst du?«

Das Angebot klang sehr unkonkret. Er wusste nicht, was eine Exkursion war. Er wollte noch mehr Fragen stellen, aber es kam ihm zu schwierig vor, die englischen Wörter zu finden.

»Ich werde dir nicht viel zahlen können. Aber immerhin würdest du an diesem Wochenende gut essen.«

Sie wartete kurz ab und zuckte dann die Schultern.

»Gut, denk darüber nach«, sagte sie. »Das Angebot läuft in einer halben Stunde aus. Ich habe noch andere Dinge zu tun. Ich kurve vorbei, wenn ich fertig bin, dann schaue ich, ob du noch da bist oder nicht.«

Sie fuhr in ihrer sauberen feuerroten Karosse davon, die Putzeimer ließ sie einfach zurück. Er drehte einen davon um, setzte sich darauf und grübelte über das verdächtige Jobangebot nach. Was bedeutete eine Exkursion? Warum sollte er mit dieser nervigen Person irgendwohin fahren wollen? Weder kannte er sie noch mochte er sie oder vertraute ihr.

Sie hatte sicher irgendwelche Hintergedanken, und das beunruhigte ihn. Wer wusste schon, was wirklich ihre Absichten waren. Vielleicht wollte sie ihn an die Einwanderungsbehörde übergeben.

Er stand auf, setzte sich wieder.

Autos kamen und fuhren wieder. Lastwagen hielten am Liefereingang, luden Waren ab und wieder ein. Es war angenehm, hier zu sitzen und diese Aktivitäten zu beobachten. Das ersetzte die Grübelei.

Der uniformierte Wachmann kam herüber, um zu überprüfen, was diese seltsame Person auf dem Rasenstück da machte. Emanuel sagte, er würde auf den roten Wagen warten, der ihn mitnähme.

In dem Moment fuhr sie wieder auf den Parkplatz und kam schlitternd neben ihm zum Stehen.

»Noch hier«, sagte sie. »Gut. Hilf mir, diese Sachen in die Kühlbox hinten zu packen.«

Weitere Einkäufe in Tüten. Sie fühlten sich schwer an, es waren wohl essbare Dinge darin. Er tat, was sie anordnete. Sie verhielt sich wie eine Lehrerin in der Schule, was einem keine Wahl ließ.

»Gib mir die Eimer«, wies sie ihn an. »Nun, wie hast du dich entschieden? Kommst du mit oder nicht?«

Er wusste immer noch nicht, ob er mitwollte.

Sie ließ ein ungeduldiges Zungenschnalzen hören.

»Komm schon – *tata ma chance!* Nutz die Gelegenheit. Gönn dir ein Abenteuer. Was hast du zu verlieren?«

Sie stieg in den Wagen. Beugte sich zur Seite, um die Beifahrertür aufzustoßen.

»Beeil dich«, drängte sie, »komm rein. Wir verschwenden gutes Tageslicht.«

Sie startete den Motor mit einem Aufheulen.

Geschickt zog Emanuel seine Zehen weg, als das Auto erst zurück und dann mit einem Satz nach vorn fuhr, beinahe über seine Füße.

»Letzte Chance«, sagte sie, »spring rein.«

Der Wachmann war immer noch da. Er kaute auf seiner Lippe herum und sah ihnen aufmerksam zu. Der Ausdruck auf seinem Gesicht war nicht gerade freundlich.

Emanuel sprang.

Kapitel 3

Sie fuhren aus der Stadt hinaus und auf die Autobahn N3. Sie hielt sich auf der Überholspur, allerdings in ihrem eigenen Tempo, wobei sie das wütende Hupen der dicht auffahrenden Autos hinter
sich ignorierte. Im Wagen war es heiß, alle Fenster
waren zu, und die Lüftung sog die Hitze der Straße
herein. Die alte Maschine lief geräuschvoll, was es
schwierig machte, sich zu unterhalten – wofür er
dankbar war.

Er hatte nicht damit gerechnet, dass der Ausflug
wirklich aus der Stadt hinausführen würde. Angespannt saß er da und starrte durch das Fenster auf
die Betonschlange der Autobahn, die sie aus seinem
vertrauten Gebiet wegbrachte. Es machte ihn nervös, dass er nicht wusste, wohin sie fuhren oder
warum. Sie hatte ihm nichts mehr über den Job erzählt, mit dem sie ihn gelockt hatte. Er wusste nicht
einmal, ob es ihn wirklich gab. Aber für Bedenken
war es zu spät. Er saß jetzt in ihrem Auto. Er konnte
nur abwarten, bis er sah, was sie mit ihm vorhatte.

Sie wandte ihre Augen von der Straße ab und sah
ihn an. »Du siehst verängstigt aus. Hast du Angst?
Denkst du, ich will dich an diese *guma-guma*-Typen
verkaufen, die mit Flüchtlingen handeln?«

Ihm fiel auf, dass ihr Kopf wackelte. In der Windschutzscheibe spiegelten sich ihre Gesichtsfalten. Ein Spinnennetz mit feinen Rissen zog sich über ihr Gesicht wie der ausgetrocknete Schlamm an einem Wasserloch, aus dem zu viele durstige Mäuler getrunken hatten.

»Entspann dich«, sagte sie. »Dir wird nichts Schlimmes passieren. Ich nehme dich an einen schönen Ort mit. Wo du gute Luft atmen kannst und wieder echte Sterne sehen.«

Sie sah, dass er die Stirn runzelte. »Was? Glaubst du mir nicht?«

Er rang um die Wörter, die er brauchte. »Warum bist du nett zu mir?«, stieß er hervor.

»Nett? Ich bin nicht nett. Ich bin pragmatisch. Ich brauche einen Gehilfen, wie ich dir gesagt habe, und du eignest dich dafür. Ich mag deine Arbeitshaltung«, erklärte sie. »Ich mag es, wie viel Aufmerksamkeit du deinen Kisten widmest. Mein Wagen war noch nie so sauber. Du wirkst wie jemand, der Eigeninitiative entwickelt, wenn sie gefragt ist. Ich kann Leute nicht ausstehen, die den ganzen Tag wie ein Klotz herumsitzen und darauf warten, dass ihnen jemand sagt, was sie tun sollen.«

Ihre Antwort genügte ihm nicht.

Schweigend fuhren sie weiter. Auf dieser Straße herrschte starker Verkehr, große Lastwagen scherten immer wieder aus ihren Spuren aus und überholten sich gegenseitig im Schneckentempo, womit sie den Verkehrsfluss behinderten. Ihr Fahrstil war unberechenbar, sie bremste immer wieder grundlos und wechselte die Spur, ohne zu blinken. Sie war mit ihrer Aufmerksamkeit sicher ganz woanders, so wie sie mal langsamer wurde und dann schneller. Er lehnte sich in seinem Sitz zurück und betrachtete die ungewohnte Landschaft, die an ihnen vorüberzog.

Es war gut, unterwegs zu sein und sich von der Straße tragen zu lassen, nicht von den eigenen Füßen. Die Weite, die ihn umgab, der Horizont, der nie näher kam, die Ausdehnung des Himmels, den niemand töten konnte.

Ohne Vorwarnung fuhren sie bei einem Schild mit der Aufschrift Umlaas Road von der Autobahn ab. Kaum hatten sie den Highway hinter sich gelassen, und die Farmlandschaft öffnete sich vor ihnen, wurde sie gesprächig.

»So. Erzähl mir etwas über dich«, sagte sie. »Wenn du mein Gehilfe bei den Recherchen sein wirst, muss ich ja irgendetwas über dich wissen. Fangen wir bei deinem Namen an.«

»Emanuel«, nuschelte er.

»›Gott ist mit uns‹, du kannst glücklich sein, so einen Namen zu haben. Auch wenn momentan das Leben nicht dazu passt. Du kannst mich Winter nennen. Gut, Emanuel. Jetzt erzähl mir deine Geschichte. Wo kommst du her?«

Er wollte nicht antworten.

Sie warf ihm einen Blick zu.

»Nicht von hier offensichtlich, mit dem Akzent. Aus einem der französischsprachigen Länder. Ich würd mal schätzen, aus dem Kongo ... der DRK. Liege ich richtig?«

Er nickte mit versteinerter Miene.

»Aber was hat dich hierher gebracht? Den ganzen Weg bis ans südliche Ende von Afrika?«

Er zuckte mit den Schultern, ohne zu antworten.

Wieder sah sie von der Straße weg.

»Du bist nicht sehr gesprächig, oder?«, stellte sie fest.

Er zuckte noch einmal die Achseln.

»Aber warum? Es liegt nicht daran, dass du kein Englisch kannst. Du verstehst gut, was ich sage. Du magst nur nicht antworten.«

Ein paar Kilometer herrschte Ruhe.

»Du musst zu sprechen üben«, sagte sie. »Es ist wichtig, dass du die Sprache eines Ortes sprichst. Tust du das nicht, wirst du immer ein Außenseiter bleiben.«

Trotzig presste er die Lippen zusammen. Was wusste sie davon, wie es war, ein Außenseiter zu sein? In einem Land, das Fremde als Feinde betrachtete? Jedes Mal, wenn er den Mund öffnete, gab er etwas von sich preis.

»Was ist mit deiner Mutter und deinem Vater?«, fragte sie. »Sind sie mit dir nach Südafrika gekommen? Oder sind sie noch im Kongo?«

Er presste die Lippen noch fester zusammen.

An diesem Punkt schien sie aufzugeben und ließ ihn, Gott sei Dank, in Ruhe.

Sie durchquerten jetzt eine andere Landschaft. Schmale Bäume warfen ihre Schatten auf die enge,

holprige Straße. Endlose Reihen an hohen, spindel-
dürren Eukalyptusbäumen, deren Stämme so gerade
waren wie Gitterstäbe. Das waren keine natürlichen
Wälder, sondern Plantagen zur schnellen Holzge-
winnung. Steril und traurig. Leblos. Das Einzige, was
in ihrem Schatten wuchs, war Unkraut. Im Hintergrund die kahlen gerodeten Hügel, die Stämme lagen frisch abgeschlagen an der Luft.

Wie aus dem Nichts fragte sie ihn: »Wie heißt sie,
deine Mutter? Aus welchem Teil des Kongo kommt
sie?«

Vor Unbehagen wand er sich in seinem Sitz.

»Keine Mutter?«, fragte sie, als er stumm blieb.
»Wer hat dich dann geboren? Ein Baum?«

Er wandte seinen Blick nicht vom Fenster ab,
wünschte sich, woanders zu sein. Wenn er gewusst
hätte, dass es so werden würde, wäre er niemals mitgekommen.

Sie brachten weitere Kilometer hinter sich. Gerade begann er, sich zu entspannen, da drang die ge-
fürchtete Stimme wieder in seine Gedanken.

»Ich bin mir sicher, deine Mutter der Baum wäre
beleidigt, dass du ihren Namen in Vergessenheit geraten lässt. Ganz gleich, ob sie tot oder lebendig ist,
sie ist immer noch deine Mutter.«

Sein Magen verkrampfte sich und wurde heiß.

»Seine Wurzeln zu verleugnen bedeutet, innerlich zu sterben. Kein Baum kann ohne Wurzeln leben. Außerdem beleidigst du deine Ahnen, wenn du
vergisst, woher du kommst.«

Dann fuhren sie ein langes Stück, ohne zu reden.

Der Blick aus dem Fenster veränderte sich immer wieder. Flüchtige, bruchstückhafte Eindrücke vom Leben in den Siedlungen, an denen sie vorbeikamen. Lehmhäuser und die zum Leben notwendigen Parzellen mit Pflanzen, reichlich Grün, gut bewässert vom Regen. In Reihen gepflanzter Kohl und Spinat. Angeleint nebeneinander, grasten Herden von kleinen Rindern, die aussahen wie Auerochsen. Ein seltsamer allein stehender Dornenbaum. Ein plötzliches Aufflammen von pinkfarbenen Bougainvilleen traf das Auge wie ein purpurroter Sonnenuntergang. Und die endlose Weite des Horizonts. Eine Sehnsucht in ihm. Wonach, wusste er nicht. Nach etwas Unerreichbarem, das in der Sphäre zwischen dem Weltall und den Entfernungen lag, in dem sich ausdehnenden Himmel mit den Wolken, die ständig ihre Form veränderten, den braunen Raubvögeln, die mit ausgebreiteten Flügeln darüber schwebten. Die hierher gehörten, im Gegensatz zu ihm.

»Rosina«, sagte er.

»Pardon?«

»Der Name meiner Mutter. Er ist Rosina.«

»Ein schöner Name. Ist sie noch im Kongo?«

Er schüttelte den Kopf. Zum Glück drängte sie ihn nicht zu antworten.

Er wandte den Blick wieder aus dem Fenster. Flüchtige Bilder von stillen Gewässern, über die Bäume ihre Äste hängen ließen. Und dünne Pfade schlängelten sich dazwischen hindurch, luden an unbekannte Orte ein. Er stellte sich kleine Tiere vor, die im buschigen grünen Gestrüpp lauerten.

»Ich war einmal im Kongo«, bemerkte sie. »Vor langer Zeit. Als ich noch Abenteuerlust verspürt habe. Das war damals, als der alte, korrupte Tyrann Mobutu Sese Seko an der Macht war. Bevor später der korrupte Tyrann Kabila übernommen hat. Und sein korrupter Vater davor. Damals hieß das Land noch Zaire. Ein wunderschönes Land, wie ich mich erinnere. So freundliche Leute, trotz all ihrer Probleme. So begabte Handwerker. Und die Landschaft – außergewöhnlich schön. Sie hatte alles, was man von Afrika erwartet: Vulkanberge, an deren Hängen Gorillas leben, und Regenwälder wie von einem anderen Planeten ... Große Seen, so riesig wie ganze Meere, über die man in schmalen Fischerbooten fährt, wobei man sich immer fragt, ob man das andere Ufer je erreicht ... Und diesen mächtigen Kongofluss, der die Hauptverkehrsader des Landes ist ... und den Kiwusee, ihn mag ich am liebsten. So wunderschön. Nebelverhangen und ruhig wie in einem Traum. Zumindest war es damals so. Das ist jetzt die Gegend, in der am heftigsten gekämpft wird, oder?«

Sie sah sein Gesicht und erkannte wohl etwas darin, das sie verstummen ließ. Aber nicht lange.

»Weißt du, was du brauchst?«, sagte sie bedächtig, während sie so schnell an einem Schild vorbeirasten, dass er es nicht lesen konnte. »Du musst einen neuen Namen für dich finden.«

Ungläubig drehte er sich zu ihr, in ihm kochte die Wut.

»Ich will keinen neuen Namen«, erwiderte er.

»Ich bin Emanuel, das ist mein Name. Es ist der, den meine Mutter mir gegeben hat.«

»Ja, ja«, erwiderte sie ungeduldig. »Das wird dein Name bleiben. Aber du brauchst zusätzlich noch einen anderen Namen, einen speziellen, den du dir selbst ausgesucht hast. Einen Namenstalisman, der dir das Glück bringen wird, das dir fehlt, das bessere Leben, das du für dich haben willst. Solche Namen können sehr mächtig sein.«

Immer noch verärgert, antwortete er nicht.

Im Auto war es stickig. Er wollte draußen sein, allein umherwandern unter dem Himmel mit den dahinziehenden Wolken, weit weg von dieser Frau, die ihn ständig ausforschte. Er wandte sich in seinem Sitz von ihr ab, schloss sie mit seinem Körper aus, und heftete seinen Blick auf den steilen, von Büschen bedeckten Hügel, der wie der Wächter einer anderen Welt vor ihnen aufragte.

Hier gab es keine menschlichen Behausungen mehr. Sie fuhren eine steile Passstraße mit schmalen Kurven hoch, die sich immer enger an den Hang presste, dessen Spitze den wolkenverhangenen Himmel berührte. Gelbe Schmetterlinge flatterten um die Kühlerhaube wie Verheißungen von Glück.

»Ist es nicht reizend hier?«, fragte sie und streckte den Hals, um den Hang neben ihnen hinaufzuschauen.

»*Attention!*«, rief er auf Französisch, als eine bröckelige weiß gekalkte Mauer direkt auf sie zuraste.

In letzter Minute riss sie das Lenkrad scharf herum, und sie scherten in ihre Spur zurück. Dann ging es wieder hinab, und sie sahen Hütten mit grünen Dächern und frisch gepflügte, fruchtbare Felder. Ein Fluss wand sich in blauen Schleifen durch das Tal und plätscherte gelassen weiter.

Wieder schlängelten sie sich einen Hang hinauf. Er sah nach rechts und hatte einen atemberaubend schönen Ausblick. In schattigem Grün erstreckten sich unzählige Hügel, überragt von den blauen Spitzen der Berge.

Sie waren zurück auf dem Gipfel der Erde. Ein Junge in seinem Alter lief furchtlos am Straßenrand entlang. Frauen in sonntäglichen Kleidern gingen den Hügel hinunter zu einem weiß getünchten Gebäude mit einem Kreuz darauf. Eine Beerdigung vielleicht. Oder ein spezieller Feiertag. Er erinnerte sich an diese zeitlichen Abläufe. Er überlegte, wie das Leben hier wohl war, in diesen winzigen Dörfern entlang der Straße, den verstreuten Gehöften, die denen in seinem Heimatland so stark ähnelten und sich doch wieder von ihnen unterschieden. Heimweh nach den friedlichen Fischerdörfern an den Seeufern und den Waldhütten durchzuckte ihn schmerzhaft. Doch diese Welt war ihm für immer versperrt.

Sie hatte es endlich aufgegeben, ihn zum Reden zu bringen.

Nach einer Weile bogen sie in eine holprige Kiesstraße ein, an der kein Wegweiser stand. Markiert wurde sie lediglich von den Überresten eines riesigen Baumstumpfs, der wie ein von Geiern abgenagter Knochen aussah. Sie beschleunigte den Wagen ein bisschen, sodass Steinchen von den Reifen spritzten. Hier gab es weniger Interessantes zu sehen. Nichts als von Unkraut überwuchertes Buschwerk. Wieder Plantagen, eine andere Baumart, aber gleichermaßen trostlos. Das Land hier sah unglücklich aus. Das gute Leben war komplett von Planierraupen eingeebnet worden. Nicht zum ersten Mal fragte er sich, warum sie ihn hierher brachte.

Eine Herde weißer Ziegen blockierte ihnen den Weg. Sie fuhr direkt darauf zu, und sie wichen auseinander, ähnlich wie es Menschenmengen für Prominente tun. Eine Kuh mit ihrem Kalb wanderte über die Straße. Sie fuhren durch eine Art ländlicher Siedlung. Aus den Augenwinkeln sah er viereckige Ziegelhäuser mit silbernen Dächern aus Metall, strohgedeckte Rundhütten im alten afrikanischen Stil, ein lang gezogenes Schulhaus, das so aussah, als wäre es erst vor Kurzem errichtet worden. War das ihr Ziel? Aber nein, sie fuhren weiter. Aus der rauen Kiesstraße wurde ein glatter Asphaltweg. Sie rollten auf ein Gebäude zu: einen großen, strohgedeckten Pfahlbau, der sich an einen steilen Hang schmiegte. Direkt dahinter stand ein Schild ohne Beschriftung, nur mit dem verblassten Bild eines Schmetterlings darauf. Seitlich davon ein schmaler, im Schatten der Bäume kaum auszumachender Zufahrtsweg.

Ohne in einen anderen Gang zu schalten, bog sie darauf ein, und sie holperten weiter voran, über einen Weg aus gesprungenen Pflastersteinen, der von weißen Lilien gesäumt wurde. Zwischen den unzähligen Bäumen und natürlichen Steingärten voller

Blumen summten Honigbienen, Schmetterlinge drehten sich im Tanz.

Mit dem zufriedenen Gesichtsausdruck von jemandem, der endlich zu Hause angekommen ist, kurbelte sie ihr Fenster herunter. Der Wagen füllte sich mit Geräuschen. Das schrille metallische Geklingel von Käfern, das üppige kehlige Gurren von Tauben. Ungezählte Stimmen murmelten, trillerten, sirrten und riefen in jeder vorstellbaren Tonhöhe, doch keine davon war menschlich.

Ein Gefühl überschwemmte ihn wie Meeresflut. Wofür auch immer er hier war, vielleicht, nur vielleicht, könnte er Gefallen daran finden.

Kapitel 4

Vor einem grasbewachsenen Hang, der in einen Wald aus hohen, gerade gewachsenen Bäumen überging, hörte die Einfahrt plötzlich auf.

Sie schaltete den Motor ab, und es war nichts mehr zu hören außer dem Gezwitscher der Vögel, dem Gebrumm der Insekten und dem Rauschen des Windes in den Bäumen. Die Insekten wurden lauter, als protestierten sie gegen die Eindringlinge.

»Nun, hier sind wir also«, sagte sie. »Wir sind da. Willkommen im Paradies.«

Mit steifen Bewegungen stieg sie aus und streckte sich, bis ihre Knochen knackten. Er öffnete seine Tür und kletterte ebenfalls hinaus.

»Weiter können wir nicht fahren. Die Hütte, in der wir übernachten, ist gleich dort oben hinter den Bäumen. Wir müssen alles hinauftragen.«

Sie erriet, was er fragen wollte.

»Sie gehört den Leuten, die das Haus auf Stelzen bewohnen, an dem wir vorbeigekommen sind. Sie sind für ein paar Monate im Ausland. Gewöhnlicherweise vermieten sie die Hütte, aber für die meisten Leute ist das jetzt zu einsam. Also erlauben sie mir, hier zu sein, wann ich es will. Dafür schaue ich nach allem. Ich komme hierher, um zu schreiben. Es gefällt ihnen, eine Schriftstellerin zu beherbergen.«

Sie nahm einen Seesack und einen Laptop aus dem Kofferraum und machte sich auf den Weg über den ungemähten Rasen in Richtung Wald. Zwischen den Bäumen wand sich ein Pfad aus Lehm und Steinen hindurch. Am anderen Ende lugte ein rotes Dach hinter dichten Zweigen hervor.

»Nun komm schon!«, rief sie ihm über die Schulter zu. »Bring die Kühlbox und die restlichen Sachen mit. Sie werden nicht von selbst hinaufgehen.«

Der Kofferraum war so vollgepackt, sie bräuchten Wochen, um ihn auszuräumen.

Er lud sich selbst so viele Sachen auf, wie er zu tragen vermochte, und stolperte ihr nach.

Dieser Waldstreifen war ganz anders als die tote Gegend, durch die sie auf ihrem Weg hierher gefahren waren. Voller Vögel und Insekten. Beim Gehen flatterte es um ihn herum, es schwirrte und summte überall, als würde der Neuankömmling unter die Lupe genommen.

Der schattige Pfad führte sie um eine Kurve herum und gab dann den Blick frei auf einige große, runde Pflastersteine, die auf einem kleinen Abhang ausgelegt waren. Dahinter hockte eine kleine weiß getünchte Hütte wie ein tief in Gedanken versunkener Einsiedler am Rand der Welt. Er nahm raue Wände wahr und ein gebogenes Dach, das eine Steinterrasse überspannte. Darauf befand sich eine verwitterte Holzbank und im hinteren Eck ein Tisch aus kleinen Baumstümpfen mit einem Gaskocher darauf.

Dahinter fiel das Land ab und gab die Sicht frei auf ein traumhaftes Tal zwischen hohen, wolkenverhangenen Bergen. Sein Blick sog es begierig auf.

»Die Ameisenbärenhütte«, sagte seine Begleiterin und deutete auf ein kleines Schild, das an der Ecke der Hütte von einem Pfosten baumelte. Darauf war ein langnasiges, vom Wetter gegerbtes Tier abgebildet. »Das ist unser Zuhause für dieses Wochenende. Früher gab es hier vier Hütten, jede mit einem eigenen Tier- oder Pflanzennamen. Jetzt ist nur noch die hier übrig. Die anderen sind zusammen mit dem Landbesitz verkauft worden.«

Das Innere bestand aus einem einzigen, großzügig unterteilten Raum. Zwei Betten in gegenüberliegenden Ecken, jedes vor einem Fenster; ein Regal aus ein paar Brettern zusammengezimmert und eine Stange zum Aufhängen von Kleidung in einer mit einem Tuch abgehängten Nische; hinter einem Vorhang Toilette und Dusche. An einem Fenster stand ein schmaler Holztisch. Hell gemusterte Teppiche sorgten für einen wärmeren Boden. Auf einem Klapptischchen standen ein Wasserkocher und Geschirr. Durch die vielen Fenster auf allen Seiten drang Licht. Es war sauber, angenehm und einfach. Mehr konnte man sich nicht wünschen.

Der wahre Schatz lag draußen. Der weite Ausblick über das sonnendurchflutete Tal bis zu den Bergen in der Ferne mit den dicken Wolkenkissen, die sich immer wieder zu neuen Gebilden verformten.

»Nun, das ist es«, sagte sie, »unser Zuhause für

die nächsten drei Tage. Dein Bett ist das da. Hoffentlich schnarchst du nicht.«

Seine Überraschung wuchs. Er hatte bestenfalls mit dem Fußboden gerechnet.

»Setz dich nach draußen«, ordnete sie an. »Genieß den Ausblick. Du kannst die anderen Sachen später holen.«

Er setzte sich auf die Bank vor der Tür, während sie hineinging, um auszupacken. Sie schien nur sehr wenige persönliche Dinge mitgebracht zu haben. Der Seesack enthielt ein paar Kleidungsstücke und einen Stapel Papier, den sie neben ihren Laptop auf den Tisch legte.

Er sperrte seine Gedanken aus und sog all das Glück in sich auf, das ihn hier draußen umgab. Warme Luft, kühler Schatten. Privat und versteckt. Flirrende gelbe Blumen wuchsen zwischen Felssteinen am Ende der Terrasse. Hinter ihnen führte ein grasbewachsener Hang steil nach unten. Laut brummte ein Käfer mit seinen surrenden Hubschrauberflügeln durch die Luft und prallte ungeschickt gegen einen Holzpfosten, wie gelenkt von einem untalentierten Piloten. Ansonsten Stille. Nicht nur das Fehlen von Geräuschen fiel ihm auf, sondern die besondere Art von Ruhe, die von diesem steil abfallenden Land ausging, das er hier oben von seinem Aussichtspunkt überblickte. Das Tal schlummerte so still in der Hitze wie ein Gemälde. Und dahinter verschmolzen die Erhebungen anderer Täler und Hänge mit höheren Hügeln, die sich am Ende zu den gezahnten Spitzen der Berge auftürmten.

Nicht ganz so weit entfernt, am Kamm des Hügels hinter der Hütte, bemerkte er einen Vorsprung aus großen, flachen Steinen, die sich einladend über einem gut versteckten Hang türmten. Als er seinen Kopf drehte, sah er die verstreuten bunt bemalten Behausungen der Siedlung, an der sie auf ihrem Weg hierher vorbeigekommen waren. Wie Miniatureisenbahnwaggons wirkten sie. Doch in dem Tal unter ihm waren die Hänge nahezu unbewohnt. Ein einziges Gehöft glänzte mutig im Sonnenlicht wie ein Wunder, Rauch stieg aus seinem Schornstein auf.

Sie kam heraus und gesellte sich zu ihm.

»Ist es nicht wunderschön? Es ist gut, dass du mitgekommen bist. Ich bin es leid geworden, diese Schönheit nur für mich zu haben. Willst du einen Tee?«

Ohne seine Antwort abzuwarten, ging sie wieder hinein. Er hörte, wie der Wasserkocher ansprang, das Herumkramen in der Kühlbox und in verschiedenen Tüten.

Schon bald kam sie mit einem Tablett wieder. Sie stellte es auf dem Tisch neben dem Gaskocher ab, setzte sich neben ihn auf die Bank und reichte ihm eine Tasse mit einer braunen Flüssigkeit.

»Rooibos«, sagte sie. »Ich habe die Milch vergessen.«

Schweigend saßen sie da und nippten von dem geschmacklosen Tee.

»Bist du hungrig?«, fragte sie. »Sicher bist du das. Was willst du essen?« Sie stand auf und begann wieder, in der Kühlbox bei der Tür zu graben. »Hier, für

den Anfang. Schauen wir mal, ob wir dich ein bisschen mästen können, bevor wir dich schlachten.«

Sie förderte ein paar in Folie gewickelte Päckchen
zutage, in denen sich fertig gebratene Burger-Patties
befanden. »Soja, kein Fleisch«, erklärte sie ihm.
»Ich esse kein Tierfleisch. Ich finde schon den Gedanken daran so abstoßend, als würde man tote
Menschen essen.« Sie klatschte die Patties in mit
Butter bestrichene Brötchen und fügte noch dies
und das aus verschiedenen Behältnissen hinzu.

Die Vorfreude auf das Essen ließ seinen Magen
knurren. Er nahm den Burger, den sie ihm gab, und
schlang ihn mit ein paar hungrigen Bissen hinunter.
Er schmeckte besser als erwartet.

Sie reichte ihm einen zweiten Burger und knab-
berte an ihrem eigenen herum.

»Manchmal frage ich mich, wie die Welt jetzt aussehen würde, wenn wir Menschen das erste Gebot
unseres Schöpfers/unserer Schöpferin von Anfang
an so befolgt hätten, wie er/sie es gemeint hat.«

Er hatte keine Ahnung, von was sie da sprach,
diese merkwürdige Frau.

»Du weißt bestimmt, was das erste Gebot ist,
oder?«

Er schüttelte den Kopf und konzentrierte sich
aufs Kauen.

»Du sollst nicht töten. Dieses Gebot hat Gott
Mose auf dem Berg gegeben. Er hat nicht gesagt: Du
sollst keine anderen Menschen töten, den Rest meiner Schöpfung kannst du aber abschlachten und
ausmerzen, wie es dir passt.«

Schweigend beendeten sie ihre Mahlzeit. Sie schüttelte die Krümel von ihrem Schoß und stand auf.

»Schön«, sagte sie. »Das war ein nettes Tischgespräch. Jetzt muss ich ein bisschen herunterkommen und arbeiten.«

Sie hatte so einen trockenen Humor. Er wusste nie, wann sie Scherze machte und wann nicht.

Aufgewühlt runzelte er die Stirn.

»Kriegst du den Tee nicht runter? Kann ich verstehen.«

Sie nahm ihm die halb volle Tasse ab und leerte sie an einem Baum aus. Dann stellte sie die Tasse gemeinsam mit dem benutzten Teller und dem Besteck in einen runden schwarzen Eimer.

»Wir spülen später ab«, beschloss sie. »Wenn mehr Geschirr zusammengekommen ist. Wir müssen hier sparsam mit Wasser umgehen.«

Sie schaute ihn nachdenklich an.

»Du siehst besorgt aus. Woran denkst du?«

Die Frage in seinem Kopf kam ihm endlich über die Lippen.

»Warum bin ich hier? Was soll ich tun?«, fragte er sie.

Ihr Blick wich seinem aus.

»Mir helfen. Bei meiner Recherche. Das habe ich dir doch gesagt.«

Er schüttelte den Kopf.

»Das verstehe ich nicht.«

Sie sah von ihm weg über das traumhafte Tal.

»Ich bin Schriftstellerin«, sagte sie, als würde das alles erklären. »Meine Aufgabe ist es, die Welt so festzuhalten, wie ich sie sehe. Die Wahrheiten zu verkünden, die ausgesprochen werden müssen. Zeugnis abzulegen für die Rätsel unserer menschlichen Existenz sowie für die Schönheit und die Wonne der göttlichen Schöpfung, die von anderen vielleicht nicht gesehen werden. Darin bin ich immer sehr gut gewesen. Doch in diesen Zeiten ist es schwieriger. Es gibt jetzt so vieles, an dem man verzweifeln kann. Alles, was mich früher glücklich gemacht hat, ist aus irgendeinem Grund verschwunden.«

Sie atmete mit einem tiefen Seufzer aus und schwieg für einen Moment.

»Ich möchte wissen, was auf dieser Welt noch Bestand hat, für was es sich zu leben lohnt«, erklärte sie ihm. »Um das zu finden, brauche ich die Hilfe junger Augen und Ohren. Ich bin nicht mehr so beweglich. Ich kann nicht mehr wie die Wolken über Hügel und Berge wandern. Wenn etwas passieren würde, wenn ich stürzen und mir das Bein brechen würde, dann würde ich monatelang dort liegen bleiben, bis irgendjemandem der Gestank auffällt.« Sie sah ihn scharf an. »Beantwortet das deine Frage?«

Das tat es nicht, überhaupt nicht. Er wusste immer noch nicht, was sie von ihm wollte.

Sein Unverständnis schien sie zu verärgern. Sie packte ihn an den Schultern und führte ihn zu den gelben Blumen, die am Ende der Terrasse zwischen den moosbewachsenen Felsen blühten.

»Siehst du diese Felsen dort unten?« Sie zeigte den Hang hinunter auf die großen, flachen Brocken, die ihm schon aufgefallen waren. »Ich will, dass du einen Spaziergang dorthin machst. Einen netten, gemächlichen, bedächtigen Beobachtungsspaziergang. Wenn du leise gehst, wirst du vielleicht Dinge zu Gesicht bekommen. In diesem entzückenden Tal gibt es alle Arten von Lebewesen. Zumindest gab es sie. Ich will wissen, was vom Paradies übrig ist. Deine Aufgabe ist es, für mich darauf zu achten. Auf alles, was du siehst, was du hörst, auf alle interessanten Dinge, die dir begegnen. Dann kommst du zurück und erzählst mir davon. Nur von den schönen Dingen, merk dir das. Ich will keine schlechten Nachrichten. Ist das verständlich genug für dich?«

Er nickte zögerlich.

»Also, dann geh. Verdien dir deinen Unterhalt. Ich muss mich an die Arbeit setzen.«

Sie nahm ihre Tasse mit geschmacklosem, kaltem Tee und ging nach drinnen, um sich an den Fenstertisch mit dem Papierstapel zu setzen. Als wäre er überhaupt nicht da, fuhr sie ihren Laptop hoch und tippte drauflos. Er betrachtete eine Weile ihren geneigten Kopf durchs Fenster. Dann schlug er den Weg zurück über die Pflastersteine Richtung Wald ein.

Von Sonnenlicht und Schatten gefleckt, lag der Pfad einladend vor ihm. In der schläfrigen Hitze des Tages verharrten die Bäume reglos. Er ging langsam, seine von der Straße abgehärteten Fußsohlen genossen die wechselnden Oberflächen von Lehm, Stein und Moos.

Eine Schar schwarzgesichtiger Affen sah von den hohen Ästen einiger Bäume auf ihn herunter. Ein kleiner Vogel ließ sich auf einem Zweig in seiner Nähe nieder und zwitscherte ihm sein Lied vor. Ein geflecktes Kaninchen sprang knapp vor ihm über den Weg und verschwand in den Büschen auf der anderen Seite, dabei winkte es ihm frech mit seinem weißen Schwänzchen zu. Die Dinge hier waren es nicht gewohnt, gejagt zu werden. Sie hatten keine Angst gelernt.

Er bog auf den Pfad ab, den das Kaninchen eingeschlagen hatte. Der führte den Hang hinunter über eine Schräge mit wildem Gras, das überraschenderweise mit kleinen bunten Wildblumen in dunklem Pink, blassem Lila und Himmelsblau gefleckt war. Eine schmale Holzbank stand hier an einer Wegbiegung, genau an der richtigen Stelle zum Verweilen. Darunter war Wasser, ein schattiger Damm wurde auf der einen Seite von hohen, knorrigen Kiefern gesäumt, auf der anderen wuchs ein Dickicht aus Büschen. Vorsichtig ließ er sich auf der Bank nieder, die Ruhe dieses Ortes prickelte auf seiner Haut wie eine Warnung. Hier schien er absolut allein zu sein. Er sah zurück zum Hügel und erkannte die rot durch das Blätterdach hervorblitzenden Dachziegel der versteckt liegenden Hütte. Das Sitzen machte ihn zu hibbelig, also stand er wieder auf und bog auf den Pfad ein, der zum Damm hinunterführte, dafür tauchte er in das kleine Dickicht aus verzweigten Bäumen und Blattwerk ein. Sofort fühlte er, wie sich die Angst in seinen Nacken klammerte. Er konnte nicht anders, er musste einfach herumwirbeln und hinter sich blicken. Sein Verstand sagte ihm, dass er hier sicher war, aber sein Körper widersprach.

Der Wald konnte in der einen Sekunde leer sein. Doch in der nächsten ...

Er verbannte die Gedanken aus seinem Kopf, ging weiter rund um den Damm, ohne stehen zu bleiben, und hinauf über den mit Baumstämmen befestigten Pfad bis zu einem größeren Waldstück. Bäume und Büsche umgaben ihn auf allen Seiten. Dies war ein alter Wald mit reichem, lebendigem Pflanzwerk, das sich in seinem Kampf um Raum, Sonnenlicht und Platz zum Wachsen verhedderte, sich umschlang und wegstieß. Das war ihm so vertraut. Der Geruch verwesender Blätter unter den Füßen, die glitzernden Muster der Spinnweben mit ihren zwischen Baumstämmen gespannten Fallstricken. Gedämpfte Ruhe und das Wechselspiel von Sonne und Schatten. Die durchdringenden, wiederholten Rufe der Waldvögel weckten unerwünschte Erinnerungen in ihm. Die Baumstämme vor ihm bewegten sich, und vor seinen Augen blitzten Soldaten in einem Trugbild auf. Kindersoldaten mit Sturmwaffen in den Händen, die größer waren als sie, und Munitionsgürteln um die Hüften. Er spürte sein Herz pochen und unterdrückte den Drang zurückzulaufen auf den offenen Hang des Hügels, wo ihn nicht plötzlich jemand aus dem Hinterhalt überrumpeln konnte.

Er war fast durch. Auf der einen Seite vor ihm stand, statt des wilden Waldes, ein ordentlicher

Forst mit Baumreihen, die sich bis zu einem verrosteten Zaun mit hölzernem Drehkreuz erstreckten. Dahinter konnte er eine offene Fläche erkennen und sein Ziel, die Felsen, die sich vor dem blauen Himmel abzeichneten. Erleichtert ging er darauf zu.

Als er durch das Drehkreuz hindurchgehen wollte, bemerkte er ein großes Loch in der rötlich gelben Erde neben den Bäumen. Es handelte sich um irgendeinen Bau. Er kauerte sich hin, um ihn zu untersuchen, weil er wissen wollte, was für ein Tier ihn gemacht hatte. Ein großes, nach den Ausmaßen des Baus zu urteilen. Drinnen war es dunkel, aber er konnte einen schrägen Abhang fühlen, der hinein in die geheimnisvolle Schwärze der Erde führte. Und vermutlich irgendwo im Wald wieder hinaus.

Indem er sich auf den Bauch legte, brachte er das Gesicht nahe an die Öffnung heran, sodass er hineinsehen konnte. Der Geruch von staubiger Erde stieg ihm in die Nase und weckte vertraute Gefühle. Angst durchzuckte ihn wie eine Schlange, die sich zum Angriff bereitmacht: Etwas war hochgeschreckt, das hätte weiterschlafen sollen. Er zog sich schnell zurück und stand auf, überrascht davon, wie unsicher er mit einem Mal auf seinen Beinen stand. Zu seiner Rechten ragte der Wald auf, voller Schatten und Bedrohungen. Schnell ging er durch das Drehkreuz auf den offenen Hang des Hügels zu.

Auf dieser Seite des Zaunes gab es keinen Pfad. Offenbar war schon lange niemand mehr diesen Weg gelaufen. Doch durch das kurze smaragdgrüne Gras konnte man sich leicht hindurchschlängeln.

Hier hatte es vor nicht allzu langer Zeit gebrannt, als Folge davon blühten jetzt fröhlich orangefarbene Aloen und Wildblumen.

Die Felsen, die von der Hütte aus so weit entfernt gewirkt hatten, lagen jetzt direkt vor ihm, wie waghalsige Kinder lehnten sie sich über den äußersten Rand des Hanges. Er sprang aus purer Freude am Springen von einem zum anderen und fühlte den Wind, der ihn hochhob, als hätte er Flügel. Unter ihm fiel das Gelände atemberaubend schön ab, das ganze Tal breitete sich bis in eine weite, nebelige Ferne aus. Ein steiler, mit Gras überwucherter Abhang reichte bis zur Talsohle hinunter, darüber schlängelte sich ein ausgetretener Pfad. Hoch über allem zogen zwei langflügelige Schatten ihre Bahnen, gerade noch erkennbar zwischen den weit entfernten Wolken.

Emanuel ließ sich auf dem warmen Fels nieder, die Sonne strahlte ihm heiß ins Gesicht, und der Wind zerrte an seinem Körper. Gestreifte Eidechsen sonnten sich furchtlos unter seinen Füßen. In weiter Ferne wand sich eine Reihe von gefleckten, anmutigen Kühen allein an einem Weg entlang, als gehörte er ihnen.

Der Himmel war unruhig. Wolken schoben sich darüber. Wind fegte über ihn hinweg. Glänzende Schwalben stießen herab und stiegen wieder auf wie schnelle Geschosse, dabei kamen ihm ihre vom Sonnenlicht beschienenen kobaltblauen Körper manchmal so nahe, dass er glaubte, er könnte die Hand ausstrecken und sie fangen. Er war gebannt von den wagemutigen, schwindelerregenden Bewegungen, mit denen sie in solch einer Geschwindigkeit frei über den Himmel kreisten. Eine Zeit lang bestand alles nur noch aus dieser Wildnis, dem Wind, dem Steigen und Fallen. In ihm war ein sonderbarer Schmerz. Ein großes Gefühl explodierte in seiner Brust, als erwachten all die abgestorbenen Teile von ihm auf einmal zu neuem Leben. Hier war kein Platz für die dunklen Dinge. Für die nicht begrabenen Toten, die verlorenen Lebenden und die uneingestandene Trauer, die ihn niemals verließ. Der Wind nahm all das mit, pustete ihn sauber, wehte die schlechten Erinnerungen wie Asche über den Hang.

Er streckte sich auf dem warmen Fels aus und überließ sich dem Glück, einfach nur zu sein. Der intensiven Freude, die ihn erfüllte und von der er gedacht hatte, er würde sie nie wieder verspüren.

Kapitel 5

Sie saß immer noch am Laptop, als er zurückkam.

Er blieb an der Tür stehen, weil er nicht wusste, ob er hineinkommen durfte, und fragte sich, was sie in all diesen Stunden zu schreiben gehabt hatte.

»So schnell zurück?«, fragte sie, ohne sich umzudrehen. Dann sah sie hoch und bemerkte das dunkler werdende Dämmerlicht vor dem Fenster. »Ist es schon so spät? Kein Wunder, dass ich nicht mehr sehe, was ich tue.«

Sie nahm die Brille ab, rieb sich die Augen und stand auf, um das Licht anzuschalten. »Also«, sagte sie und setzte sich wieder, »wie war der Spaziergang? Hast du etwas Fröhliches, von dem du mir erzählen kannst?«

Er schüttelte den Kopf.

»Nichts?«, fragte sie. »Du lügst. In deinen Kleidern hat sich der Wind verfangen. Und deine Augen leuchten. Was hast du gesehen? Erzähl es mir.«

Ein Reigen an Bildern tanzte durch seinen Kopf. Er quoll über davon, aber die Wörter wollten nicht über seine Lippen kommen.

»Du musst keinen vollständigen Bericht abliefern«, sagte sie freundlicher. »Erzähl mir nur von einer schönen Sache, die du gesehen hast.«

Er dachte an die Felsen, die Adler mit den riesigen Flügeln, die Schwalben, die wie schnelle Blitze rund um ihn herum abgestiegen und wieder emporgeschossen waren. Den tiefblauen Himmel mit seinen winddurchkämmten weißen Wolken.

»Ein Loch. Ein Loch hab ich gesehen.«

Sein Akzent verwischte das Wort, verwandelte es in etwas anderes. Sie sah verwirrt aus.

»Ein Lok?«

Er formte es mit den Händen.

»Ein Loch!«, rief sie. Entgegen seiner Erwartung lachte sie nicht über seine Antwort, sondern sah ihn mit echtem Interesse an.

»Wie war das Loch? Klein? Groß? Steil? Flach? Sah es aus, als wäre es frisch gegraben oder unbenutzt?«

Er zeigte es ihr mit den Händen. Die Größe und die Wölbung. Den Erdhaufen daneben. Wie der Eingang an der einen Stelle lag, dann ein Tunnel nach unten, der irgendwohin führte.

Sie schien sich über seine Antwort zu freuen und unterzog ihn einem Kreuzverhör über das Loch, bis sie alles aus ihm herausbekommen hatte.

»Du hast gute Augen«, sagte sie. »Aufmerksame. Du verstehst es, genau hinzuschauen. Das können nicht viele Leute. Was du da gesehen hast, war das Loch von einem Erdferkel. Du hast Glück. Ich war mir nicht sicher, ob es sie hier noch gibt. Früher gab es viele von ihnen in dieser Hügellandschaft. Doch sie wurden wegen ihres Fleisches gejagt wie alles andere.«

Er wusste nicht, was ein Erdferkel war. Er stellte sich eine große Kreatur mit Klauen, Insektenfühlern und runden Knollenaugen vor.

»Du musst wissen: Bei uns im Englischen kann ›ant bear‹ sowohl Erdferkel als auch Ameisenbär heißen, obwohl es sich um zwei unterschiedliche Tiere handelt. Das liegt wahrscheinlich daran, dass beide zu den wenigen Säugetieren zählen, die sich ausschließlich von Ameisen und Termiten ernähren. Das Erdferkel wurde deshalb sogar lange Zeit zu den Ameisenbären gezählt, inzwischen hat sich das aber geändert. Es lebt, wie der Name schon sagt, unter der Erde in den Löchern, die es gräbt. Aber es ist eigentlich überhaupt kein Schwein. Und ein Ameisenbär ist auch kein Bär. Beides sind dämliche Namen.«

»Und warum heißt ein Ameisenbär dann Ameisenbär?«, wollte Emanuel wissen.

»Weil er eben vor allem Ameisen und Termiten frisst. Und der Bär kommt von den gefährlichen Klauen mit den Krallen, nehme ich an. Sie sind groß und stark wie Schaufeln, vor denen selbst Raubtiere Angst haben. Unser afrikanisches Erdferkel sieht ebenfalls ungewöhnlich aus. Es ist schwer zu beobachten, weil es nachtaktiv ist, was bedeutet, dass es nur im Dunkeln hervorkommt. Und es ist scheu. Will nicht gern gesehen werden. Versteckt sogar seinen Kot, damit niemand weiß, dass es da ist. Schau, ich zeige dir ein Bild.«

Sie zog ein abgenutztes Buch aus ihrer Tasche und blätterte darin bis zu einer bestimmten Seite. Fasziniert starrte er auf die Zeichnungen. Es war in der Tat ein seltsames Tier, als wäre es aus übrig gebliebenen Teilen zusammengesetzt, mit denen niemand etwas anfangen konnte. Es hatte eine lange, schmale Nase, lange Ohren wie ein Zebra, einen schlauchartigen Bauch wie eine Eidechse und flache, gebogene Klauen an den Hinterbeinen. Es glich nichts, was er jemals gesehen hatte, auch in den Wäldern zu Hause, in denen es spezielle Arten gab, die man an keinem anderen Ort fand.

»Sowohl Ameisenbären als auch Erdferkel sind sehr gute Mütter«, erklärte sie ihm. »Sie haben immer nur ein Junges wie Menschen, und sie tragen es fast genauso lange in ihrem Körper. Die Jungen bleiben selbst dann noch bei ihren Müttern, wenn sie ausgewachsen sind. Bis sie bereit dazu sind, fortzugehen und selbst eine Familie zu gründen. Die Mütter beschützen ihre Jungen sehr, sie würden einen Angreifer immer abwehren, auch wenn er größer ist, und sogar, wenn sie selbst in Gefahr sind. Diese Klauen von ihnen können starke Verletzungen herbeiführen. Selbst wenn sie den Kampf nicht gewinnen, kann das dem Jungen manchmal die Gelegenheit verschaffen, sich schnell ein Loch zu graben und zu entkommen.«

Ihre Worte schmerzten ihn. Ganz grundlos traten ihm Tränen in die Augen.

Sie hob den Kopf und sah die Tränen.

»Erzähl mir, was du noch gesehen hast«, sagte sie, klappte das Buch zu und wandte sich ab, um es wieder in die Tasche zu packen.

Er erzählte ihr von den großen, aufsteigenden Adlern und den dunkelblauen Schwalben mit ihren langen Schwanzfedern.

Sie sah beeindruckt aus.

»Blaue Schwalben …«, bemerkte sie. »Da hattest du Glück. Man sieht sie nur selten. Klingt, als hätten sie eine Spezialvorstellung für dich gegeben. Sie sind Einwanderer, genau wie du, sie fliegen aus weiter Ferne zu uns, um ihre Nester in unserem warmen Sommerwetter zu bauen. Sie sind sehr anspruchsvoll, was den genauen Platz angeht: Sie mögen nur grasige Südhänge. In dieses Tal kommen sie, um in den Löchern der Erdferkel zu brüten, wo es angenehm und sicher für sie ist, ihre Jungen aufzuziehen.«

Sie schien viel zu wissen, diese schreibende Frau.

»Du hast deine Sache gut gemacht bei deinem ersten Recherchespaziergang«, sagte sie. »Besser als ich erwartet hatte. Du hast dir ein ordentliches Abendessen verdient. Zuerst muss ich aber fertig machen, womit ich beschäftigt bin. Geh, setz dich auf die Bank, ich rufe dich dann. Es wird nicht lange dauern.«

Dunkelheit legte sich wie eine Decke über die Hügel, nur hier und da unterbrochen von den Lichtern einzelner Behausungen. Von den weit entfernten Bergen, über denen der Himmel von einem intensiveren Schwarz war, drang missmutiges Donnergrollen. Über seinem Kopf hatten Wolken die versprochenen Sterne verschluckt. Er setzte sich hin und lauschte dem wilden Wind, der die Bäume und Büsche um ihn herum schüttelte. In seinem Bauch breitete sich eine vorsichtige Freude aus. Er packte sie ganz klein zusammen, damit sie nicht vom neidischen Schicksal entdeckt würde. Ihre Wärme blieb aber.

Es war schon ganz dunkel, als sie wieder herauskam. Mindestens eine Stunde später. Es machte ihm nichts aus.

»Entschuldige«, sagte sie, »das hat länger gedauert, als ich gedacht hatte. Tut es immer. Das Schreiben frisst Zeit.«

Seine Neugier gewann die Oberhand.

»Was schreibst du, was so viel ist?«, fragte er sie.

»Die Geschichte meines gescheiterten Lebens«, antwortete sie. »Meinen letzten Willen und mein Testament für die Welt.«

Sie sah, dass er verwirrt war.

»Einen letzten Willen schreibst du, damit die Leute nach deinem Tod wissen, was du dir gewünscht hast, was sie mit deinen Sachen und deinem Eigentum machen sollen. Da ich nicht viel besitze, habe ich beschlossen, ihnen stattdessen meine Lebensgeschichte zu hinterlassen.«

»Du wirst sterben?« Er runzelte die Stirn.

»Ich bin mir nicht sicher«, sagte sie. »Ich glaubte, ich würde sterben. Aber ich hab mich entschieden, mich noch ein bisschen länger herumzutreiben und abzuwarten, was passiert.«

Es fiel ihm schwer, ihren Worten zu folgen. Immer schien ein Scherz darin versteckt zu sein.

»Du gehst rein und duschst«, ordnete sie an. »Während ich das Abendessen warmmache. Auf deinem Bett liegen ein Handtuch und ein Schlafanzug für dich.«

Er brauchte eine Zeit, um herauszufinden, wie die Hähne für Kalt- und Warmwasser funktionierten, damit er weder verbrüht wurde noch festfror. Sie schienen sich nicht besonders zu mögen. Schließlich hatte er das richtige Verhältnis gefunden und trat unter den Wasserstrahl. Das warme Prasseln auf seiner Haut war das reinste Vergnügen. Es war schon lange her, dass er zuletzt so im Wasser abgetaucht war.

Er kam in dem geliehenen Schlafanzug nach draußen, aus dem seine Beine und Arme wie die Gliedmaßen einer Heuschrecke herausschauten. Sie saß auf der Bank, vom Licht aus dem Zimmer so angestrahlt, dass sie in ihrer Ruhe einem vom Mond beschienenen Baum glich. Sie hätte eine der Schnitzereien sein können, die sie zu Hause machten, eingebettet in das Holz, aus dem sie bestanden.

Sie stand auf und schöpfte ihr Abendessen aus dem Topf auf dem Gasherd. Es war ein Curry, sein Lieblingsessen. Vermutlich nur eine Mischung aus geleerten Dosen über einem Berg an Reis. Aber bei seinem Hunger nach den Übungen des Tages schmeckte es köstlich.

Sie sah ihm zu, wie er mit der Portion auf seinem Teller kurzen Prozess machte.

»Da ist noch mehr im Topf«, sagte sie. »Bedien dich.«

Er stand auf, um sich selbst einen Nachschlag zu holen, dann setzte er sich wieder.

»Erzähl mir von deiner Mutter, Rosina«, forderte sie ihn auf.

Sein Magen rebellierte. Er legte den Löffel ab, ihm war der Appetit mit einem Mal vergangen.

»Lebt sie? Oder ist sie gestorben?«

Er presste die Zähne zusammen. Warum hatte er ihr den Namen seiner Mutter verraten? Warum erinnerte sie ihn ständig an Dinge, an die er sich nicht erinnern wollte? Wollte sie, dass er litt?

»Warum willst du nicht über sie sprechen? Es ist nicht gut, von den Dingen zu schweigen, die uns verletzen. Dadurch entzünden sich die Wunden nur noch mehr.«

Während sie auf seine Antwort wartete, heftete sich ihr wachsamer Blick so starr auf ihn wie der eines Habichts, der seine zappelnde Beute im Schnabel trägt.

»Was ist mit deinem Vater? Wo ist er?«, fragte sie schließlich, als sogar die Stille schon unter ihrem Blick zu zittern begann.

Er zog die Schultern hoch und ließ sie wieder sinken. Aus ihrem Seufzer hörte er Verärgerung heraus.

»Wenn du mir deine Geschichte nicht erzählen willst, dann muss ich eine für dich erfinden«, sagte sie. »Vielleicht ist das gar keine so schlechte Idee. Es sieht ja sowieso nicht so aus, als liefe dein echtes Leben besonders gut.«

Er wollte ihr sagen, sie solle den Mund halten. Diese Stimme von ihr, die vorgab, alles zu wissen. Die glaubte, sie hätte das Recht hinzugehen, wohin sie wollte. Die verabscheute er wirklich.

Er stand auf und stellte zu seiner eigenen Überraschung fest, dass er zitterte.

»Setz dich«, wies sie ihn barsch an. »Iss dein
Curry auf. Sonst wirst du es zum Frühstück essen
müssen. Ich werfe kein Essen weg.«

Er ging zu dem Gasherd und leerte seine unbe-
rührte Portion wieder in den Topf.

Kommentarlos sah sie ihm zu.

»Wasch das Geschirr ab«, befahl sie ihm. »Mach
es in dem Eimer, damit du kein Wasser verschwen-
dest. Spülmittel steht auf dem Tisch. Ich nehme
meine Dusche.«

Sie kam auf die Beine. »Ich werde die Tür absper-
ren, damit du nicht aus Versehen hereinkommst.
Ich bin meine Privatsphäre gewohnt.«

Kapitel 6

Den Abwasch hatte er gleich erledigt. Die sauberen
Sachen stapelte er wieder an ihrem Platz neben dem
Gasherd, dann ging er zu den gelben Blumen, setzte
sich daneben auf einen Stein und sah zu, wie über
den Hügeln das Licht verschwand. Die Vögel waren
verstummt, dafür hatten etliche Nachtinsekten ihre
Schicht angetreten. Versteckt im Dickicht, wimmer-
ten sie leise, wie Wachposten, die sich miteinander
abstimmen. An dem knorrigen Baum neben ihm lief
flink ein kleiner grauer Schatten den Stamm hinauf
und hinunter und wechselte von Ast zu Ast wie ein
Vogel. Verstreut leuchteten Lichter an dem bewohn-
ten Hügel neben ihm auf, ansonsten herrschte Dunkelheit. Eine angenehme Dunkelheit. Eine belebte
Dunkelheit. Nicht die tote Dunkelheit, wie man sie
aus den Straßen großer Städte kannte. Unsichtbare
Dinge kamen aus ihren Verstecken hervor. Er hörte
ihr Rascheln und Sausen im Gestrüpp. Fühlte das
zarte, zittrige Geflatter von Fledermäusen über und
neben sich. Er war das Hindernis auf ihrer Flug-
bahn.

Mit dem Einbruch der Dunkelheit hatte der Wind
aufgefrischt und blies seinen feindlichen Atem gegen die Baumstämme. Wie ein Hund packte er sie,

schüttelte sie und ließ sie wieder los. Es kam ihm vor, als wäre der Wind auch in seinem Inneren.

Ruhelos stand er auf und tastete sich in der Dunkelheit den Weg zurück über die Pflastersteine. Eine einsame Lampe stand an der Weggabelung, sie hatte einen goldenen Schimmer, gab aber nur wenig Licht. Der Wald bildete eine einzige sich windende Form aus Baumgestalten. Alles davon war in Bewegung, all die hohen Köpfe neigten sich und seufzten wie Lebewesen, die große Schmerzen erleiden. Doch irgendwie war es auch wunderschön, wie die Bäume zum Wind gehörten. Wie fügsame Körper auf einer Tanzfläche. Der Wind bewegte sie mal in die eine und mal in die andere Richtung, änderte ohne Vorwarnung den Takt, um sie in weite Drehungen zu zwingen, er schloss sie in seine feste Umarmung und ließ sie wieder los. Das Sirren der Insekten war hier lauter, es klang drängender aus dem Gebüsch. Einfache Instrumente spielten sich ein für ein nächtliches Fest: Sie veranstalteten eine wilde Party, zu der er nicht eingeladen war.

Er ging wieder zu seiner Bank. Die Hüttentür stand offen, aber er traute sich nicht hinein. Er lugte durchs Fenster und sah, dass sie schon im Bett lag und im Schein der Nachttischlampe las. Die weißen Haare waren zu Zöpfen geflochten, die ihr über die Schultern fielen. Als er über die Schwelle trat, fühlte er sich wie ein Eindringling. Er war noch lange nicht so müde, dass er hätte schlafen können. Aber es schien keine Alternative zu geben. Er konnte ja nicht noch die ganze restliche Nacht auf der Bank sitzen.

»Schließ die Tür zu und leg den Riegel vor«, sagte sie verschlafen. »Wir wollen keine Überraschungsbesucher heute Nacht.«

Sie schlief schnell ein, das Licht noch angeschaltet und das Buch locker in der Hand. Er kletterte in das ungewohnte Bett. Doch seinem Körper gefiel der Luxus nicht, er sträubte sich gegen die einengenden Laken, das Nachgeben der Matratze, die kuscheligen Kissen. Das Licht schien ihm in die Augen. Er stand auf und knipste es aus. Trotzdem überfiel ihn noch kein Schlaf.

Die Schwärze des Raumes umschloss ihn wie in einem Grab. Er lag da und lauschte den ungewohnten Geräuschen: Äste, die gegen die Dachziegel stießen, knarzten und knacksten. Irgendein schwerer Gegenstand schlug immer wieder an die Hüttenwand, erst auf der einen Seite, dann auf der anderen. Brutal klopfte die Nacht, entschlossen hereinzukommen.

Der Wind, den er am Tag so gerne gemocht hatte, verwandelte sich bei Nacht in einen Feind. Er pfiff und stöhnte und rüttelte an der Hütte, als wollte er sie wegblasen. Jedes Mal, wenn Emmanuel wegdämmerte, wurde er von einem neuen Krachen geweckt. Irgendwann war er schließlich überzeugt, dass da draußen tatsächlich jemand war, der einzubrechen versuchte.

Der Wald drang in seine Träume ein und mit ihm die Rufe der Männer, die Stimme seiner Mutter, die seinen Namen schrie. Im Schlaf hielt er sein Messer in der Hand, die Klinge war ausgeklappt – bereit zuzustechen, wenn sie musste. Das Messer hatte seine Mutter ihm gegeben. Es war so klein, dass er es in der Hosentasche verstecken konnte oder im Saum des Hosenbeins, und es hatte einen Knopf, der es sofort aufspringen ließ.

Es hat deinem Vater gehört. Hab keine Angst, es zu verwenden, wenn du musst, hatte sie ihm gesagt. *Du bekommst nur eine Chance. Zögerst du, verlierst du dein Leben.*

Sie ließ ihn an Baumstämmen üben, bis er nicht mehr zimperlich beim Zustechen war und die Klinge immer wieder mit all seiner Kraft hineinstieß. Ziehen, klicken und stechen: Mit der Zeit gelang ihm die schnelle Abfolge richtig gut. Doch an dem Tag, als er es wirklich gebraucht hätte, war das Messer in seiner feigen Hosentasche geblieben.

Er schlief unruhig. Ein verstohlenes Knarzen machte ihn wieder wach. Neben seinem Bett stand ein Soldat mit einem grausamen Grinsen. Irgendetwas prallte gegen seine Matratze. Von Panik erfasst, schreckte er hoch und schlug wild um sich. Doch es war nur sie, seine Zimmergenossin, die sich in der Dunkelheit zur Toilette vortastete.

Danach schlief er überhaupt nicht mehr. Sein ganzer Körper war voller Adrenalin, sein Herz pochte wild, als wollte es ihn warnen. Draußen, im Dunkel der Nacht, gab es ein Blutbad. Das Knirschen der Bäume klang wie Hilfeschreie durch das offene Fenster.

Der Riegel verursachte ein lautes Geräusch, das aber vom Rauschen des Windes überdeckt wurde. Er war erleichtert, aus dem abgeschlossenen Raum mit den Dämonen seiner Erinnerungen heraus zu sein. Merkwürdig, wie sie ihn hier in dieser Oase der Ruhe heimsuchten. Vielleicht, weil sie hier genug Platz hatten, um an die Oberfläche zu kommen. Auf der Straße war er zu sehr mit dem Überleben beschäftigt.

Er entleerte seine Blase in der Dunkelheit, ging dann langsam die vertrauten Pflastersteine hinauf und blieb am Rand des Waldpfades vor der dunklen Wand aus Bäumen stehen. Als er näher kam, unterbrachen die Wachposten der Grillen plötzlich ihr regelmäßiges Trommeln, nur um es gleich wieder aufzunehmen.

Der Wind hatte die Wolken aufgerissen, und jetzt waren endlich die versprochenen Sterne zu sehen. Mit in den Nacken gelegtem Kopf blieb er stehen, bis er die bekannten Formen fand, die ihm seine Mutter immer gezeigt hatte, als er klein gewesen war: den Riesen mit seinem Gürtel aus Edelsteinen; das große Kreuz, das den Weg nach Süden zeigte; den dreieckigen Bullenkopf, versteckt hinter den unruhigen Bäumen. Eine starke Sehnsucht ergriff ihn, er wollte sie sehen und hören.

Ohne zu wissen, warum, wandte er sich um und blickte zurück über den dunklen Pfad zu der schimmernden Laterne mit ihrem nutzlosen Licht. Und dort stand er. Nur für einen Moment hoben sich seine Umrisse von dem gedämpften gelben Schein ab: ein langnasiger, wuchtiger Schatten mit gespitzten Ohren, die sich ihm zuwandten.

Emanuel erstarrte, alle seine Glieder waren absolut reglos, nicht einmal seine Brust hob sich beim Atmen. Es waren zwei: Der Zweite war kleiner, kaum mehr als die Andeutung eines Schattens, der mit dem des Bulligen verschmolz. Er blinzelte, um besser zu sehen, und schon waren sie weg. Verschwunden im Strudel von Wind und Dunkelheit.

Kapitel 7

Beim Aufwachen war er verwirrt und wusste nicht, wo er war. Irgendwo pfiff ein Vogel immer wieder denselben durchdringenden Ton. Kurz glaubte er, er wäre wieder in dem Wald, in dem so vieles von seinem Leben zurückgeblieben war. Der beißende Geruch feuchter Pflanzen brannte in seiner Nase. Dichter Nebel dämpfte das Tageslicht, feuchtes Dämmerlicht hatte die ganze Welt verschluckt. Über ihm streckten sich die Bäume des Waldes wie Opfer von Machetenkämpfen, die Köpfe von den Rümpfen getrennt. Er war die Nacht über draußen geblieben und hatte gehofft, dass der Besuch wiederkehren würde. Doch das Tier hatte seinen menschlichen Geruch wahrgenommen, zweifellos hatte es sein Junges weit entfernt in Sicherheit gebracht.

Er schälte sich aus seinem feuchten Bett aus Erde und folgte dem Duft von Essen zurück zur Hütte. Sie war draußen und hantierte am Gasherd.

»Da bist du ja. Genau zur rechten Zeit. Es gibt Frühstück.«

Sie sah ihn an, sein vom Schlaf verschwollenes Gesicht und seinen dreckigen Schlafanzug, sagte aber zum Glück nichts. Sie gab ihm einen Teller.

Darauf war ein Festschmaus aus Eiern, Brot, gebratenen Tomaten und einer Art fleischloser Wurst.

»Du siehst überrascht aus«, stellte sie fest. »Hast du gedacht, das Abendessen wäre unsere letzte Mahlzeit für dieses Wochenende gewesen?«

Er aß hungrig, ohne zu antworten.

»Wohin bist du gegangen letzte Nacht?«

»Nirgendwohin«, murmelte er.

»Gut zu wissen. Ich dachte schon, du wolltest vielleicht zu deinem Platz auf der Straße zurückrennen.«

Er spürte, dass sie ihm beim Essen zusah.

»Da ist ein Geheimnis in dir heute. Was ist es?«

Er überlegte, ihr von dem Wesen zu erzählen, das er gesehen hatte. Doch das war zu persönlich. Wie bei einem Totemtier, das einem in heiligen Träumen erscheint.

Sie stieß einen Seufzer aus, als er weiter schwieg.

»Nun, ich weiß nicht, was du heute tun kannst, um dir dein Brot zu verdienen. Es ist kein Wetter zum Wandern.«

Dichter Nebel schloss sie ein. Das Tal war verschluckt worden, zusammen mit allem, was darin war. Nur die gelben Blumen tanzten noch am Rand der Welt.

»Hast du schon über einen neuen Namen für dich nachgedacht?«, fragte sie.

Er schüttelte den Kopf.

Sie gab ihm ihren benutzten Teller und die fettige Bratpfanne.

»Wer isst, ohne gekocht zu haben, muss den Abwasch machen. Pass auf, dass du die Sachen gründlich sauber machst, sodass alles Fett ab ist. Nimm Sand zum Scheuern, bevor du abwäschst«, wies sie ihn an.

Der Nebel lichtete sich nicht. Den ganzen Morgen lag Emanuel auf seinem Bett und kam sich wie ein Gefangener vor. Er sah, wie sie unablässig schrieb.

Warum hatte sie ihn hergebracht? Warum war er mitgekommen? Ihm war inzwischen mehr als klar, dass es hier keine Arbeit gab, bei der er helfen konnte. Vielleicht war er ihr Rechercheprojekt.

»Du lenkst mich ab«, sagte sie und wandte sich ihm genervt zu. »Ich kann nicht schreiben, solange du hier drinnen bist, du denkst zu laut. Wenn ich gewusst hätte, dass du so ein Plappermaul bist, hätte ich dich nicht mitgenommen.«

Wie immer hatte er keine Ahnung, ob sie Witze machte oder nicht. Ihr ernstes Gesicht kannte kein Lächeln.

»Hier, nimm dir das mit und geh irgendwohin«, bedeutete sie ihm und gab ihm ein weiteres in Folie gewickeltes Päckchen aus der unerschöpflichen Kühlbox. »Setz dich auf die Bank und schau dir den Nebel an. Lass mich in Ruhe arbeiten. Und mach die Hausaufgabe, die ich dir gegeben habe.«

Er wusste nicht, wovon sie sprach.

»Der neue Name für dich«, fuhr sie fort. »Ich erwarte von dir, dass du einen gefunden hast, bis wir hier wieder wegfahren. Glaub nicht, ich mache da nur Scherze.«

Die Bank war auch nicht besser als das Bett. Es gab nichts zu sehen. Nichts, um sich die Zeit zu vertreiben.

Er öffnete die Folie des Päckchens, nicht weil er Hunger hatte, sondern damit er etwas zu tun hatte. Der Nebel hatte seine Fühler bis in sein Innerstes ausgestreckt. Diese Leere erstickte ihn. Seine Hände zuckten, sie mussten beschäftigt werden. Von drinnen vernahm er das unaufhaltsame Tipp-Tipp-Tipp einer abgenutzten Tastatur.

Wenn er sich selbst einen neuen Namen geben musste, wie könnte er lauten?

Kakerlake. So hatten sie Jungen wie ihn genannt, dort, wo er herkam. Diejenigen, die nicht so waren wie sie. Die aus einem anderen Stamm kamen oder die falsche Sprache sprachen oder eine Mutter aus dem einen Land und einen Vater aus dem anderen Land hatten. Im Wettstreit der sich bekriegenden ethnischen Gruppen kennzeichnete einen alles, was einen von seinen Nachbarn unterschied, als Feind. So war es schon immer gewesen, seit seiner Geburt. Manchmal kehrte für eine Zeit lang Frieden ein. Bis die schwelenden Konflikte wieder ausbrachen und es neue Gründe gab, Angst zu haben.

Hier war es auch nicht anders. Nur, dass sie Menschen wie ihn *makwerekwere* nannten. Der Ausdruck ließ sich nicht übersetzen, so gemein war er. Aber jeder wusste, wofür er gebraucht wurde: für einen Schädling. Eine unerwünschte Sache, unerwünscht wie eine nervende Fliege.

Er stand auf und ging über die Pflastersteine in die Leere des Nebels, egal wohin, er musste nur etwas tun. Diesmal wandte er sich zur anderen Seite, blieb am Saum des Waldes, immer auf der Einkerbung im Gras, die von dem Pfad hier übrig geblieben war. Außer dem Boden unmittelbar vor seinen Füßen konnte er nichts sehen. Der Nebel war hier sehr dick, als wäre der ganze wolkenverhangene Himmel heruntergefallen, um die Erde zu bedecken. Es war ein seltsames Gefühl, so blind ins Nichts zu wandern. Aber auch faszinierend.

Irgendwo war er von den Reihen der Bäume weggegangen und auf einen besser zu sehenden Weg gestolpert. Er führte steil den Hügel hinunter und verwandelte sich in einen Matschpfad, der an einigen Stellen mit hölzernen Schwellen gesichert war. Zumindest wusste er jetzt, dass sein Weg irgendwohin führte. Waghalsig rutschte er am steilen Abhang immer weiter nach unten, einem leisen Wasserrauschen folgend. Der Weg endete irgendwann in einer Schlucht mit Büschen, die von einem schmalen Fluss durchtrennt wurde. Das Wasser zwang ihn, zur Seite auszuweichen und in eine Richtung zu gehen, in die er nicht wollte. Er vernahm menschliche Stimmen, die von oben zu ihm heruntergeweht wurden. Sein Herz begann unruhig zu klopfen. Ihm wurde klar, dass er aus Versehen auf den Weg gekommen war, der hinunter ins Tal unterhalb der Hütte führte. Der Abzweig, auf dem er sich befand, schien direkt zu dem Gehöft zu führen, auf das er von der Bank vor der

Hütte aus sehen konnte. Er war froh über den Nebel, der ihn vor denen verbarg, die darin wohnten.

»Hab keine Angst«, hatte seine Mutter immer zu ihm gesagt. »Der Nebel ist gut. Er ist unser Freund. Er versteckt uns vor ihnen. Sie können uns nicht verfolgen, wenn sie uns nicht sehen.«

Seine Gedanken zuckten zurück, als hätten sie heißes Metall berührt.

Er drehte um und ging schnell den Weg, den er gekommen war, zurück. Den steilen Hang des Hügels hinaufzusteigen war viel anstrengender, als das Hinunterlaufen gewesen war. Der Nebel war so dicht, dass es ihm schwerfiel, Luft zu schnappen, seine Lunge mit dem Sauerstoff zu versorgen, den sie brauchten. Aber er blieb nicht stehen, um zu verschnaufen. Das Gefühl, verfolgt zu werden, kletterte mit ihm. Er verabscheute sich für seine irrationalen Ängste, konnte sie aber nicht kontrollieren.

Als er den Gipfel wieder erreichte, atmete er schwer von den Strapazen. Er fühlte sich, als wäre er stundenlang unterwegs gewesen.

Seine Zimmergenossin tippte immer noch vor sich hin, seine Abwesenheit schien sie nicht einmal bemerkt zu haben.

»Bist du spazieren gegangen?«, fragte sie, ohne aufzusehen.

Ihm fehlte die Kraft zu antworten.

»Mach uns einen Tee«, ordnete sie an. »Ich komme dann zu dir auf die Bank.«

Er war froh, etwas zu tun zu haben. Ihm pochte

noch immer das Herz von dem schnellen Anstieg, sein ganzer Körper war wie mit Säure gefüllt.

Er ließ Wasser in den Wasserkocher einlaufen, bis es kochte, spülte er die Tassen unter dem Hahn ab und gab Teebeutel und Zucker hinein.

»In einer der Tüten sind Muffins.«

Er fand sie und nahm sie auf dem Teetablett mit hinaus.

Sie gesellte sich draußen zu ihm.

Ohne zu sprechen, starrten sie auf den Nebel, als wäre er auch in sie eingedrungen.

Er aß seinen Muffin und spülte den zuckrigen Geschmack mit dem Tee ohne Milch hinunter.

»Erzähl mir von deiner Schule«, sagte sie. »Auf welchem Niveau bist du?«

»Ich weiß nicht.« Es kam ihm so vor, als wäre viel Zeit verstrichen, seit er in einem Klassenzimmer gewesen war.

»Was war dein Lieblingsfach?«

»Kann ich mich nicht erinnern.«

»Gab es dort Englischunterricht? Hast du so gelernt, Englisch zu sprechen?«

»Nein, von meinem Vater.«

»Dein Vater kam aus England?«

»Nein.«

Sie starrte ihn über den Rand der Teetasse an. Ihr Blick war nicht gerade freundlich.

»Wo ist dein Vater jetzt?«

Ein Schulterzucken.

Sie ließ den Löffel in die Tasse fallen. »Emanuel«, sagte sie. »Du enttäuschst mich so. Hätte ich unge-

störte Stille haben wollen, so wäre ich allein her-
gekommen. Du bist wie ein Betonbrocken, den ich
weder verschieben noch hochheben kann.«

Er erwiderte nichts.

Eine Minute später stand sie auf und wühlte in
der Kühlbox herum.

»Hier«, sagte sie, »iss einen zweiten Muffin. Vielleicht wirst du dadurch süßer.«

Er nahm ihn entgegen und stopfte sich ihn in den
Mund, ohne etwas zu schmecken.

Sie stand da und belauerte ihn.

»Erzähl mir von deiner Mutter«, verlangte sie.
»Wie ist sie gestorben?«

Er wollte sie mit der Teetasse bewerfen. Sie war
wie ein Krokodil, das einen nie mehr loslässt, wenn
es einen einmal gepackt hat.

»Lass mich in Ruhe«, sagte er. Und plötzlich
brüllte es in einer Welle aus Zorn aus ihm heraus:
»Lass mich in Ruhe! Warum fragst du mich ständig
diese Sachen? Ich will deine Spielchen nicht spie-
len! Ich will nicht über meine Mutter sprechen!
Oder über das Land, aus dem ich komme. Oder die
Dinge, die dort passiert sind. Ich will, dass du mich
in Ruhe lässt!«

Mit bleichem Gesicht stellte sie sich seiner Wut
entgegen.

»Verstehst du nicht, dass ich versuche, dir zu helfen?«, fragte sie. »Ich weiß, dass du eine schwere
Zeit hattest. Ich weiß, dass dir Dinge passiert sind,
die heftig waren. Es ist verständlich, dass du nicht
darüber reden willst. Aber wenn du nicht darüber

sprichst, wenn du alles unter Verschluss hältst, dann wird es sich durch dein Herz fressen, bis nichts mehr davon übrig ist.«

»Es ist mein Herz! Es ist mein Körper! Es ist mein Leben, nicht deines! Ich bitte dich nicht darum, dich einzumischen. Lass – mich – einfach – allein!«

Die Wörter heulten in einer ihm unbekannten Stimme aus ihm heraus. In seiner Hand hatte er das Taschenmesser. Er wusste nicht einmal, wie es dahin gekommen war. Er wollte es unbedingt irgendwo hineinstoßen, in ihr lebendiges Fleisch. Vor Anstrengung, es nicht zu tun, zitterte ihm die Hand.

Ihr Gesicht sah aus wie gefroren, die Augen traten so stark hervor, dass sie Litschis glichen. Sie drehte sich um und floh in die Hütte, den Riegel stieß sie ruckartig vor. Er glaubte, unterdrücktes Weinen zu hören.

Er blieb stehen, wo er war. Ihm war übel.

Kurz darauf hörte er, wie der Riegel aufgeschoben wurde. Sie kam heraus und stolzierte ohne ein Wort an ihm vorbei, in der einen Hand trug sie den Seesack, in der anderen den Laptop.

Sie ging um die Ecke und verschwand im Nebel.

Nicht lange danach hörte er, wie der Wagen ansprang und dann mit wütend quietschenden Reifen davonbrauste.

Er ließ sich auf die Bank sinken und überlegte, was er tun sollte. Er konnte nicht glauben, dass sie ihn einfach so hier zurückgelassen hatte. Er fragte sich, ob sie weggefahren war, um die Polizei zu holen. Ob er fortrennen sollte, bevor sie hier waren. Aber es gab keinen Ort, an den er gehen konnte. Er war so viel weggelaufen in seinem Leben, er hatte nicht mehr die Kraft dafür.

Nach einer langen Zeit hörte er das heisere Brummen eines Wagens, der aus der Ferne heranjagte. Es brach ab. Eine Autotür wurde zugeschlagen. Angespannt wartete er, bereitete sich gedanklich auf Uniformen vor.

Sie kam hinter der Biegung mit den Büschen hervor: allein, Laptop und Seesack immer noch in den Armen. Sie ließ ihre Lasten auf den Boden fallen und sah ihn mit blitzenden Augen an. Er konnte sehen, dass sie sehr wütend war, ihre Wut stand von ihr ab wie die Stacheln eines Stachelschweins.

»Gib es mir«, sagte sie und kniff grimmig die Augen zusammen.

Er erwiderte ihren finsteren Blick genauso grimmig.

»Dein Messer. Gib es mir. Ich lasse nicht zu, dass an diesem friedlichen Ort Waffen auf mich gerichtet werden. Wie kannst du es wagen, so etwas zu tun! Gib es mir, jetzt. Du kannst es morgen zurückhaben, wenn ich dich absetze.«

Er überlegte, ob er sich weigern sollte. Sein Messer war mehr als eine Waffe zur Verteidigung. Es war sein Talisman. Das Einzige, was er von seinem Vater noch hatte. Er wollte es niemandem zur Aufbewahrung geben.

Doch ihr wilder Blick verriet ihm, dass sie kein Nein akzeptieren würde.

Er übergab es ihr, mit der Klinge nach vorn, in der Hoffnung, sie würde sich schneiden.

Sie nahm es ihm ab, trottete ohne ein Wort in die Hütte, schlug die Tür hinter sich zu und legte den Riegel vor. Das war nicht nötig. Die Wut, die sie umgab wie ein Energiefeld, hätte gereicht, um ihn draußen zu halten.

Die Dämmerung brach früh herein wegen des Nebels, der immer dicker wurde und sich schließlich in Dunkelheit verwandelte. Er blieb draußen auf der Terrasse, eingewickelt in eine Decke, die sie ihm durchs Fenster zugeschmissen hatte. Das war in Ordnung für ihn. Er wollte sowieso nicht mit ihr in einem Raum sein. Sie hatte ihm nichts zum Abendessen angeboten, und er hatte auch nicht danach gefragt.

Er brauchte gar nicht versuchen einzuschlafen. Innerlich kämpfte er mit dem Ärger des Tages, der Kopf war angefüllt mit düsteren Gedanken. Er konnte sehen, dass sie auch nicht schlief. Beim Schein der Lampe tippte sie mit nie enden wollender Energie drauflos. Er stand auf und ging zum Ende der Terrasse, damit er nicht an sie denken musste.

Der Nebel schien sich mit der Dunkelheit verfestigt zu haben. Hinter der Terrasse gab es nichts, außer dichtem weißem Dampf. Es fühlte sich auf eine merkwürdige Art an, als hätte die Welt aufgehört zu existieren. Er glaubte, so müsste es sich anfühlen, tot zu sein. Ein Nichts. Die Welt der Lebenden direkt neben sich, und doch verbarg sie ein Schleier vor ihm, der er kein Teil mehr davon war.

Unter der leeren Oberfläche schäumte die Nacht allerdings über vor versteckter Aktivität. Das Brummen der Insekten klang aufgeregt und dringlich. All die geflügelten Musiker waren draußen angetreten und steuerten ihre Töne zu der nächtlichen Musik bei. Ein kreischendes Aufjaulen wie von einer Katze ließ ihn zusammenzucken. Es klang sehr nah, als käme es direkt von der anderen Seite des knorrigen Baumes. Es folgte eine hektische Bewegung, ein Quieken zeugte vom Ableben irgendeiner armen Kreatur. Eine Erinnerung daran, wie trügerisch der Friede dieses Ortes war. Jedes Lebewesen hier wurde für andere zum tödlichen Feind.

Vor ihm auf dem unsichtbaren Hang hinter den gelben Blumen blinkte ein Suchscheinwerfer wie zum Test. Er spürte eine irrationale Angst in sich aufsteigen, hatte plötzlich Panik, dass sie nach ihm suchten. Ein zweites blinkendes Licht gesellte sich zum ersten, und er begriff, woher sie kamen: Es waren Leuchtkäfer, die sich in kurvigen Bahnen ihren Weg durch den Nebel suchten.

Irgendwo in der unsichtbaren Welt gab es ein Gewitter. Wetterleuchten zuckte überraschend hell über den Himmel. Während er dastand und auf das leise Donnern lauschte, das dem Licht vorausging, hörte er ein seltsames grunzendes Geräusch von unten. In dem Moment, in dem zwei Blitze kurz nacheinander über den Himmel fuhren, erkannte er die Umrisse einer Kreatur auf dem grasbewachsenen Hang: Dieselbe Gestalt wie in der Nacht zuvor prägte sich auf seiner Netzhaut ein. Und daneben eine kleinere. Die zwei wurden nur für einen Augenblick erleuchtet – wie ein trügerisches Fantasiebild. Dann verschluckte sie der dunkle Nebel, und er war wieder allein.

Kapitel 8

Am Morgen reichte es dem Nebel endlich. Das Gewitter hatte das schlechte Karma verjagt. Das Tal glänzte wieder in seiner ganzen grünen Pracht, und die Sonne stieg hinter den Wolken empor. Der Himmel hatte sein schönstes Blau aufgetragen. Tau bedeckte das Gras in den Farben des Regenbogens. Schillernde Nektarvögel hüpften auf den gelben Blumen umher und steckten ihre hungrigen Schnäbel in den Blütensaft.

Seine Begleitung hatte sich noch in der Hütte versteckt, worüber er froh war. Er saß in die Decke gewickelt da, wartete darauf, dass ihn die Sonnenstrahlen entdeckten, und sah den Nebelfetzen zu, die sich wie besiegte Feinde von dannen machten.

Schließlich tauchte sie auf. Ihr eisiger Blick verriet ihm, dass ihm noch keine Vergebung zuteilwurde.

»Wir gehen«, sagte sie schroff. »Hol die Sachen.«

Sie war aktiv gewesen, während er geschlafen hatte. Die Betten waren gemacht, der Boden gekehrt, alle Spuren ihrer Anwesenheit getilgt. Er war froh abzufahren. Das Paradies hatte seine Schönheit verloren, so wie alle Paradiese.

Sie hatte bereits gepackt und wuchtete den Seesack auf die Terrasse, daneben stellte sie die Laptoptasche. Er lud sich selbst die restlichen Taschen auf. Die Kühlbox war merklich leichter.

»Es ist Obst da drin, wenn du magst«, sagte sie. »Ansonsten kannst du dir ein Sandwich machen.«

Er ging auf beide Vorschläge nicht ein. Sein Magen war nicht in der Stimmung für Essen.

Bei der Heimfahrt schwiegen sie. Es war kein angenehmes Schweigen. Sie schaltete das Radio an, und das Rauschen des schlechten Empfangs leistete ihnen Gesellschaft wie ein elektrischer Sturm.

Sie fuhr viel schneller als bei der Hinfahrt, unternahm waghalsige Manöver, um langsamere Fahrzeuge zu überholen. Sie konnte es eindeutig nicht abwarten, ihn loszuwerden.

Es war eine Erleichterung, endlich die Stadt zu erreichen. Als wäre er süchtig danach, atmete er die vertraute Mischung aus giftigen Dämpfen und Abgasen tief ein.

Sie setzte ihn an der Ampel ab, wo sie ihn gefunden hatte, und gab ihm das beschlagnahmte Messer ohne ein Wort zurück. Er stieg aus, und sie fuhr davon. Das war's.

Sein Platz existierte noch, die Kisten wachten darüber. Er freute sich, wieder auf vertrautem Terrain zu sein. Immerhin war er hier sein eigener Chef. Er konnte der sein, der er war. Emanuel. So wie seine Mutter ihn genannt hatte. Nicht das Hilfsprojekt von jemand anders.

Der Kosmos der Straße, mit all seinen Schwierigkeiten war etwas, das er verstand. Das Leben hatte etwas Simples hier. Man nahm, was der Moment einem schenkte, und verwendete es, um zu überleben und sich einen weiteren Moment zu erkaufen. Man saß nicht herum und haderte mit der Vergangenheit, die man nicht mehr ändern konnte, oder machte sich Sorgen über die Zukunft. Es war sinnlos über das Morgen nachzudenken, wenn man nicht wusste, ob man das Heute überlebte.

Fast erfüllte ihn schon Zuneigung, als er seine vertrauten Straßenmitbewohner erblickte. Da waren sie alle. Seine Brüder auf den Pflastersteinen. Ausgestoßene wie er aus dem einen oder dem anderen Grund. Die Süchtigen, die Mittellosen und die Geisteskranken und diejenigen, die einfach den Boden unter den Füßen verloren und nie wiedergefunden hatten: Der bärtige Mann mit seinen verfilzten Rastalocken und dem majestätischen Gang, der seine tägliche Runde die Old Main Road hinunter und wieder herauf drehte. Zufrieden schritt er von Abfalleimer zu Abfalleimer, als besäße er die Straße. Das schweigsame Mädchen an der Ampel, das sein Gesicht und seine Augen hinter der Kapuze seines Sweatshirts versteckte. Er hatte noch nie gesehen, dass irgendjemand ihm irgendetwas gab. Dennoch stand es Tag für Tag dort, als würde der Platz seine Anwesenheit fordern. Der Mann mit den wilden Augen, der unablässig Selbstgespräche führte, laute, von Gesten begleitete Streitgespräche, die so überzeugend waren, dass man glauben wollte, es wäre irgendein unsichtbarer Mensch bei ihm. Und der armselige Junge, der zusammengekauert zwischen den Fahrbahnen saß, sodass die Autos ihm ausweichen mussten.

Er verfiel wieder in seine Überlebensroutine, besserte Kisten aus, suchte Essen und erledigte alle Jobs, die ihm vom Glück angeschwemmt wurden. Seine Kisten verkauften sich so schlecht wie immer. Die Seiten ließ er notgedrungen unbemalt. Die Farbtuben waren während seiner Abwesenheit verschwunden wie alle seine Besitztümer.

Das Leben ging weiter wie zuvor. Aber es war nicht wie zuvor. Da war eine Unzufriedenheit in ihm, die nichts zu tun hatte mit dem harten Leben auf der Straße. In ihm hatte sich etwas verändert. Es war, als wäre er seinem früheren Leben entwachsen. Plötzlich. Über Nacht. Es passte ihm einfach nicht mehr.

Der Hunger war ein ständiges scharfes Stechen in seinem Bauch. Er hatte die Kunst der unregelmäßigen Nahrungsaufnahme bereits verlernt. Ein einziges Wochenende mit reichlich Essen hatte ihn schon verdorben.

Gelegentlich sah er den roten Wagen, wie er an der Ampel hielt, auf dem Weg irgendwohin. Die Frau namens Winter hielt nicht an, um ihn zu grüßen, und Emanuel schenkte ihr auch keine Beachtung. Das Auto sah noch vernachlässigter aus als vor ihrem Ausflug, Räder und Karosserie waren überzogen von getrocknetem Matsch, die Windschutzscheibe staubig und von toten Insekten verschmiert.

Es fuhr mit achtlos geöffneten Fenstern an ihm vor-
über, auf dem Beifahrersitz stand gut sichtbar die
Handtasche der Fahrerin. Als wollte sie jemanden
herausfordern, sie sich zu schnappen. Schon dieser
Anblick ließ ihn das Gesicht verziehen, gab ihm das
Gefühl, er müsste etwas beweisen.

Er versuchte die Begabung seiner Mutter, Glücks-
jobs zu bekommen, bei sich hervorzurufen. Doch
sie wichen ihm aus. Es war, als bestrafte die Straße
ihn für seine Abwesenheit. Der geregelte Ablauf war
unterbrochen worden, und er fand sich nicht mehr
darin zurecht.

Er gesellte sich zu den anderen Hoffnungsvollen,
durchwühlte mit ihnen die Tonnen vor den Take-
away-Restaurants nach Essensresten, sah in den
weggeworfenen Schachteln vor den Supermärkten
nach, ob sich noch genießbares Gemüse oder Obst
darin befand. Es gab nicht gerade wenig Essen, das
weggeschmissen wurde. All die abgelaufenen, nicht
verkauften Sachen aus den Regalen. Aber sie wollten
das nicht zusammen mit den Mülltonnen nach
draußen stellen. Sie hatten Angst, nett zu einem
Menschen zu sein, der ihren Müll durchsuchte, weil
das zu viele andere anziehen würde.

Sein Freund, der bärtige Nachtwächter, der ihn
vor seinen Angreifern gerettet hatte, als ihm die
Schuhe geklaut worden waren, kam herüber und
setzte sich zu ihm.

»Wie geht es dir, mein Freund? Ich habe dich
am Wochenende nicht gesehen. Ich dachte schon,
skebengas hätten dich von hier vertrieben.«

»Nein«, sagte Emanuel, »ich bin woanders hin-gegangen. Aber jetzt bin ich zurück.«

»Ich muss dir ein bisschen Zulu beibringen«, merkte sein Kamerad an. »Die Sprache der Leute zu verstehen ist wichtig.«

Er zog ein Päckchen Boxer-Tabak aus seiner Ho-sentasche und drehte sich mit zerrissenem Zei-tungspapier eine Zigarette.

»Du bist jung dafür, dass du in einem fremden Land bist. Wo sind deine Mutter und dein Vater?«

Emanuel schüttelte den Kopf, ohne zu antworten.

Der andere nickte und fragte nicht weiter. Er zün-dete sich seine Selbstgedrehte an, dann saß er eine Weile rauchend da.

»Die Welt ist verrückt in diesen Zeiten«, stellte er fest. »Überall hörst du von Konflikten. Was kannst du da machen, außer zu überleben?«

Eines Tages kam Emanuel von einer erfolglosen Su-che nach einem Job zurück und fand seinen Platz besetzt. Ein Eindringling saß dort auf einer der Kis-ten, die Füße hatte er auf eine andere gelegt, wäh-rend er träge die Straße beobachtete. Unverschämt begegnete sein Blick dem von Emanuel, es war eine unmissverständliche Herausforderung. Emanuel blieb stehen, seine Hand wanderte zu dem Messer in seiner Tasche. Doch der Mann war keiner, mit dem man sich leichtfertig auf einen Kampf einlas-sen sollte. Er erkannte das Gesicht mit den kalten Augen: Es war der Tsotsi-Junge, der Handtaschen-dieb, der an dem Tag an ihm vorbeigerannt war, als der Polizeiwagen angehalten und die Polizisten die Verfolgung aufgenommen hatten. Zögerlich ging Emanuel weiter. Ein Platz war es nicht wert, dafür zu sterben. Einen anderen Ort konnte man immer finden, aber man hatte nur ein Leben. Trotzdem verletzte ihn diese Ungerechtigkeit.

Er klaubte ein paar leere Plastikflaschen aus dem Rinnstein.

»Madam, Ihr Wagen ist sehr dreckig. Kann ich ihn für Sie waschen, während Sie Ihre Einkäufe erledigen?«

Zu seiner eigenen Überraschung war seine Stimme kräftig und selbstbewusst. Das Englische kam ihm leichter über die Lippen seit dem Wochenende Sprachpraxis. Und dass er fremd war, musste er nicht verstecken. Schon sein Aussehen verriet es.

Die Augen der Frau wanderten prüfend über sein Gesicht. Vielleicht erkannte sie den Hunger darin.

»In Ordnung«, sagte sie. »Aber du musst schnell sein. Ich werde nicht lange dort drinnen bleiben. Wenn du fertig bist, bis ich wieder herauskomme, gebe ich dir etwas.«

Er arbeitete schnell und unauffällig, damit der Wachmann ihn nicht sah und vertrieb. Autos zu waschen war auf den Parkplätzen von Einkaufszentren verboten. Genauso wie Waren anzubieten, zu betteln, Handzettel zu verteilen und all den anderen kleinen Tätigkeiten nachzugehen, mit denen sich unter der Hand Einkommen erzielen ließ.

Seine Flaschen waren zu klein für diese Aufgabe. Er musste viele Male zu dem Wasserhahn an der

Rückseite des Centers hetzen. Als die Autobesitzerin zurückkam, war er erst halb fertig. Zum Glück nahm sie es nicht so genau wie seine letzte Arbeitgeberin. Sie gab ihm ein paar Münzen für seine Bemühungen. Nicht genug für ein Essen vom Imbiss, für ein oder zwei Bananen und ein paar Scheiben von dieser Fleischwurst, die er so verabscheute, würde es dennoch reichen.

Die Schlange an der Supermarktkasse war kurz, bewegte sich aber nur sehr langsam. Vor ihm stand eine alte Großmutter wie ein gekrümmter Baum und zählte ihre Münzen, um für ihre kleinen Tütchen mit Maisgerichten und Bohnen zu zahlen. Sie zählte mehrmals von Neuem, doch es war immer zu wenig. Emanuel zog es den Magen zusammen vor Mitleid. Er steckte seine Hand in die Tasche und zog seine eigene Ansammlung von Münzen heraus, dann schob er ihr den fehlenden Betrag hinüber. Die alte Frau sah ihn mit verweinten Augen an. Sie überschüttete ihn mit einem Schwall an Segenswünschen, die ihn zugleich verlegen machten und tief berührten. Er sah zu, wie sie hinaushumpelte, am liebsten wäre er ihr nachgerannt und hätte sie umarmt. Irgendetwas an ihrer Armut gemahnte ihn an seine Mutter.

Er spürte einen bohrenden Blick im Rücken. Als er sich umsah, erkannte er eine vertraute aufgerichtete Gestalt in der Schlange nebenan. Sie verriet durch nichts, dass sie ihn erkannt hatte.

Die Kassiererin scannte sein Essen. Die Summe war mehr als die ihm verbliebenen Münzen. Jetzt war er derjenige, der die Schlange aufhielt, weil er sich entscheiden musste zwischen der Wurst und dem Obst. Und jetzt war es die Kassiererin, die ihm zu Hilfe kam.

»Keine Sorge«, sagte sie, »ich weiß, warum dein Geld nicht reicht. Ich gebe die vier Rand für dich dazu.«

Er ging in Richtung seines Platzes, dann fiel ihm ein, dass es nicht mehr sein Platz war, also setzte er sich stattdessen auf den Bordstein. Ein Kleinunternehmer, der nur noch mit einem Auge sehen konnte, tanzte mit einem selbst gemachten Schild vor ihm über die Straße. *Schertz des Tagees*, stand auf seinem Schild. *Warum fellt das Schild auf den Mensch und tötet ihn? Weil es ein ANSCHLAG war.* Ein paar Autofahrer zeigten sich erfreut von seinem Versuch, sie zum Lachen zu bringen.

Regen setzte ein, ein plötzlicher starker Niederschlag, der sich auf den lehmverdreckten Pflastersteinen in dicken Matsch verwandelte. Die von Müll verstopften Rinnsteine liefen über und überfluteten die Straßen, von den Rädern der Autos spritzten Wasserfontänen auf die Fußgänger, die über den Fahrdamm sprangen. Es machte keinen Sinn, im Freien zu bleiben bei solch einer Sintflut. Emanuel machte sich auf zu seinem Versteck am Bahndamm, wo große Stücke von Betonröhren auf verwilderten Grasflächen lagen: vergessene Überbleibsel von irgendeiner Leitungsfreilegung.

Auch hier waren während seiner Abwesenheit Eindringlinge gewesen. Sie hatten die Pappe mitgenommen, die er als Unterlage zum Schlafen benutzte, dafür hatten sie ihm den Gestank ihrer Fäkalien dagelassen. Er lief zur nächsten Röhre und kroch bis zur Mitte, wo ihn immerhin der Regen nicht erwischte.

Nass, ohne Decke und mit der kalten gebogenen Betonwand im Rücken rollte er sich dort zusammen und lauschte dem dröhnenden Getrommel des Regens um ihn herum. Eine tiefe Einsamkeit überkam ihn, das Gefühl, in einem Betonsarg begraben zu sein. Auf der ganzen weiten Welt gab es nicht eine einzige Person, die von seinem Unglück wusste oder sich deshalb Sorgen machte.

Seine Gedanken wanderten in verbotene Bereiche ab, in die sie nicht gehen sollten, riefen Erinnerungen wach an Regennächte in den Wäldern mit seiner Mutter. Sie beide aneinandergeschmiegt in einem hohlen Baum. Ihre Arme, die ihn vor allen Schrecken beschützten, eng um ihn geschlungen.

Er schloss die Augen und ließ seine Gedanken zu glücklicheren Dingen abschweifen: zu der Waldhütte, die über dem wunderbaren tiefen Tal thronte. Wo der Himmel so lichtdurchflutet war und die bauschigen Wolken aussahen, als wären sie direkt aus dem Himmel gefallen. Und wo die Erde nach der Würze und Süße von Pflanzen roch, nicht nach Scheiße. Wo die furchtlosen Vögel bis zur Dämmerung sangen, in der sie vom nächtlichen Zirpen der Grillen abgelöst wurden und von den Fledermäusen mit den kurzen Flügeln, die Nachtfalter jagten.

Er stellte sich die Erdferkel vor, wie sie in ihrem unterirdischen Zuhause erwachten und darauf warteten, dass es ganz dunkel wurde, bevor sie sich hervorwagten. Die Mutter und ihr Junges, wie sie sich in perfektem Einklang durch die nächtliche Welt bewegten. Wie sie mit ihren Krallen die harten getrockneten Termitenbauten aufrissen, die noch warm waren von der Hitze des Tages. Wie sie ihre langen, klebrigen Zungen entrollten, um ihre Nahrung, die Insekten, aufzuschlecken, und dabei ihre Ohren aufmerksam spitzten, damit ihnen keine Gefahr entging. Angepasst an die Welt, wie es nur Lebewesen sein können, die in der Wildnis geboren wurden. Während die Sterne langsam über sie hinzogen und der Tag darauf wartete, wieder zu übernehmen. Und er fühlte sich sicher, wusste, dass all diese Schönheit dort draußen war. Nur zu wissen, dass es einen Ort wie diesen gab auf der Welt, war gut. Selbst wenn er niemals wieder dorthin kommen würde.

Kapitel 9

Ein lautes Hupen hinter ihm ließ ihn zusammenzucken.

»Emanuel!«

Er wirbelte herum, sodass ihm fast seine Kisten
aus der Hand gefallen wären. Es war das rote Auto,
das hinter ihm herzuckelte.

»Hier bist du! Ich habe überall nach dir gesucht.
Wo bist du gewesen?«, fragte die Fahrerin, als wäre
er mit ihr verabredet.

Er sah sie müde an, ihm fehlte die Kraft für Erklä-
rungen.

»Da ist jemand an deinem Platz«, sagte sie, als
wüsste er das nicht selbst. »Schaut wie ein übler
Bursche aus. Wie jemand, der seine hilflose Großmutter mit einem Messer bedroht, nur weil sie ihm
eine Frage gestellt hat, die ihm nicht gefällt.«

Wie immer war er sich nicht sicher, ob sie ihn nur
aufzog. Sie fuhr auf den gepflasterten Streifen neben
ihm und verfehlte nur knapp sein Bein.

»Du siehst nass aus«, stellte sie fest. »Bist du
hungrig? Hier hast du ein Käsesandwich.«

Sie griff in die vertraute Kühlbox auf dem Beifahrersitz und zog ein belegtes Brot aus einer Plastik-
dose hervor. Er wollte es nicht nehmen, doch der

Hunger siegte, und er setzte die Kisten ab. Als er fertig war, hatte sie schon ein zweites in der Hand.

»Ich bin froh, dass ich dich entdeckt habe«, sagte sie, während sie ihm beim Kauen zusah. »Was hast du an diesem Wochenende vor?« Als stünden ihm alle Möglichkeiten offen. Ohne seine Antwort abzuwarten, redete sie weiter. »Ich mache wieder einen Ausflug. Zum gleichen Ort. Willst du mitkommen?«

Er dachte daran, wie katastrophal der letzte Ausflug geendet hatte, und schüttelte den Kopf.

»Warum nicht? Das mit dem Messer hab ich dir verziehen, falls du dir deshalb Sorgen machst.«

Sie schloss den Deckel der leeren Sandwichdose und verstaute sie wieder in der Kühlbox.

»Komm schon«, sagte sie, »komm mit und leiste mir Gesellschaft. Ich fahre die lange Strecke nicht gerne ohne Gesellschaft. Wir kennen einander jetzt und haben schon die schlechten Seiten des anderen entdeckt. Es wird keine bösen Überraschungen mehr geben.«

Seine Arme waren schon ganz müde vom Halten der Kisten, doch er hievte sie wieder hoch. Er wollte sie zu den Eisenbahngleisen bringen, wo er vorübergehend seinen neuen Platz hatte, bis er einen anderen fand. Zumindest konnte er dort ungestört an ihnen herumbasteln. Er ging weiter, die schmale Nebenstraße hinunter. Ihre Stimme begleitete ihn, sie redete immer noch. Er hörte nicht hin.

Hinter ihm wurde ein Motor angelassen. Wie ein hartnäckiger Hund folgte der rote Wagen ihm.

»Warum kommst du nicht mit?«, fragte sie.

»Kriegst ein paar gute Mahlzeiten wie beim letzten Mal. Es hat dir dort doch gefallen? Du kannst wieder dein eigenes Ding machen. Spazieren gehen. Ich werde dich nicht zwingen, etwas zu erzählen, versprochen.«

Er traute ihren Versprechungen nicht.

»Immerhin wird dort die Sonne scheinen. Die Wettervorhersage für hier sagt Regen an, das ganze Wochenende lang.«

Das waren schockierende Neuigkeiten. Seine Gedanken wanderten zu dem grünen Tal. Es kam ihm vor wie ein Traum. Er verspürte das Verlangen, es wiederzusehen. Auf diesen hohen Felsen zu sitzen, über die die Schwalben hinwegflogen. Einen Versuch zu unternehmen, die geheimnisvollen Erdferkel wieder aufzuspüren.

»Gut«, sie lächelte, als hätte er laut gesprochen. »Geh, bring deine Kisten weg und komm dann wieder. Ich warte hier auf dich.«

Sie fuhr gar nicht erst an den Straßenrand, um zu parken, sondern blieb mit laufendem Motor stehen, wo sie war. Er brachte seine Kisten zu den Gleisen und verstaute sie unter den Büschen an dem grünen Metallzaun.

»Schneller!«, rief sie, als er wieder in Sicht kam. »Ich werde noch alt beim Warten.«

Die Beifahrertür stand offen für ihn.

»Nun, das ist schön.« Sie grinste ihn an, als er einstieg. »Ich habe gar nicht mehr damit gerechnet, dass wir heute zusammen wegfahren.« Sie gab ihm eine Papiertüte aus dem Fußraum. »Hier, die

Sachen sind für dich. Ich habe sie eingepackt, für den Fall, dass ich dich entdecke.«

In der Tüte waren ein Paar Turnschuhe, eine grüne Regenjacke mit Kapuze und ein Käppi mit einem gelben Bären darauf.

»Probier die Schuhe an«, sagte sie, »schau mal, ob sie dir passen.«

Die Turnschuhe waren ordentlich abgenutzt. Er stülpte sie sich über die von Hornhaut überzogenen Füße. Sie waren nicht mehr in Schuhen gewesen, seit ihm sein letztes Paar weggenommen worden war. Sie passten gar nicht schlecht, ein bisschen klein vielleicht. Vorsichtig bewegten sich seine Füße darin – wie eine gefangene Maus, die ihren neuen Käfig erkundet. Er spürte, dass sie ihn anstarrte.

»Bedankst du dich eigentlich nie?«

»Danke«, nuschelte er.

»Das klingt noch nicht überzeugend. Musst vielleicht noch üben.«

Mit einem lauten Geräusch startete sie den Wagen.

»Noch eine Sache, bevor wir fahren.« Sie streckte ihm die offene Hand hin.

Widerwillig legte er sein Messer hinein.

»Hast du noch etwas anderes dabei, von dem ich wissen sollte?«

Er schüttelte den Kopf.

Sie fuhren über die Main Road davon in Richtung der Autobahnausfahrt. Es war der letzte Freitag des Monats, und zwischen den Kreuzungen herrschte viel Verkehr.

»Ich warte immer noch auf eine Entschuldigung«, bemerkte sie, »wegen dieser Messergeschichte.«

Er antwortete nicht.

Endlich waren sie an den letzten Ampeln vorbei. Sie fuhren auf die Autobahn und beschleunigten auf der Überholspur. Sie fuhr viel schneller diesmal. Kilometer für Kilometer blieb in Windeseile hinter ihnen zurück.

»Was würde deine Mutter Rosina sagen, wenn sie das wüsste? Ich bin mir sicher, so hat sie dich nicht erzogen.«

Es schnürte ihm die Kehle zu. Sie waren kaum richtig losgekommen, und schon bereute er, dass er mitgefahren war.

Sie fuhren an den fensterlosen Betonklötzen der Cato Ridge Hühnerfarm vorbei. Auf den sonnenbeschienenen, riesigen Rasenflächen außen herum durfte kein Huhn herumlaufen.

Direkt vor ihnen stand das große blaue Hinweisschild zur Umlaas Road.

»Entschuldigung«, murmelte er.

»Was?«

»Wegen des Messers. Entschuldigung.«

»Entschuldigung angenommen.«

Sie wandte den Blick von der Straße ab und sah ihn an.

»Das war doch gar nicht so schwer, oder?«

Sie rasten direkt an der Abfahrt vorbei, die sie nehmen mussten.

»Das war unsere Straße. Du hast die Abfahrt verpasst«, sagte er.

»Gut erkannt«, scherzte sie. »Wir nehmen heute nicht diese Route. Wir machen zuerst einen kleinen Abstecher woandershin. Entspann dich, und schau nicht so verängstigt. Es ist nicht das Abschiebelager. Es ist ein schöner Ort. Magst du Berge?«

Er zuckte die Achseln.

»Das hier sind die Drakensberg Mountains. Wunderschön. Drachenberge bedeutet das. Ich hab mir gedacht, ich nehme dich für einen kurzen Besuch dahin mit, weil sie nicht zu weit von unserem Weg liegen. Würde dir das gefallen?«

Er zuckte wieder nur die Achseln. Er war immer noch verärgert, weil sie den Namen seiner Mutter ausgesprochen hatte.

»Immer noch nur Zeichensprache? Ich hatte angenommen, du hättest dich allmählich mit deiner Stimme angefreundet.«

Er drehte den Kopf zum Fenster und betrachtete desinteressiert die Landschaft. Bebaute Grundstücke wechselten sich mit leeren Feldern ab. Dornenbäume standen unter dem wolkenverhangenen Himmel. In der Ferne ragte eine von Büschen umgebene Stadt vor steinigen Hügeln auf, außen herum nur das Grün der Plantagen. Dahinter thronten die Gipfel der Berge am Horizont.

Wenig später erreichten sie die Außenbezirke der Stadt, an denen sie vorbeifuhren, ohne anzuhalten, und weiter steile Hänge hinauf. Auf der langsamen Spur tuckerten Lastwagen in einer langen Schlange wie schwergewichtige Tausendfüßler nach oben. Der alte Toyota hielt die schnelleren Fahrzeuge hier auf, er brachte nicht genug Leistung. Sie wechselte schließlich auf die mittlere Spur.

Er lehnte sich entspannt zurück und genoss die neue Umgebung: felsige Hügel und weiter Himmel ohne Gebäude davor. Er entdeckte einen Felssturz auf einem Hang weit oben, ein Durcheinander an Felsbrocken, die wie riesige Murmeln in dem Loch lagen, in dem sie gelandet waren. Er dachte daran, wie nett es wäre, jetzt nicht im Auto zu sein, sondern dort oben zu sitzen und die Welt vorüberziehen zu sehen. Weit unten glitzerte das Blau eines Stausees.

Jetzt bogen sie auf eine beschriftete Straße in Richtung der Berge ein. Fast augenblicklich änderte sich die Landschaft. Er sah aus dem Fenster und entdeckte Bergzüge, die sich stufenartig bis in weite Ferne immer höher auftürmten. Die Umgebung wurde ländlicher und rief vertraute Bilder in ihm wach.

Sie fuhren durch kleine Siedlungen mit Hütten, Eseln, Kindern und Hunden. Junge Mädchen trugen Bündel an Feuerholz auf den Köpfen, ihre Gesichter war verschmiert von der orangeroten Lehmerde der Region. Auf leeren Kisten am Straßenrand saßen Jungen und sahen den Vorbeigehenden zu. Hingen Jungenträumen nach. Er war einmal einer von ihnen gewesen. Eine Schule, lang gestreckt mit einem niedrigen Dach. Wäsche an den Zäunen. Rundhütten mit Lehmwänden und Strohdächern auf die alte Art gebaut.

Ihm gefielen die grünen Hügel mit den unregelmäßigen Reihen farbiger Häuser. Hier gab es immer noch Platz für die wilden Dinge, nicht wie in der Stadt. Das sonnenbeschienene blaue Band eines Flusses wand sich am Fuß eines von Büschen bewachsenen Hanges entlang. Die Häuser waren in hellen Farben angestrichen: knallig pink, türkisblau, senfgelb, leuchtend grün. Die Farben rührten ihn. Er stellte sich vor, wie er seine Hände in die dicke, fröhliche Farbe steckte und sie über die rauen Wände verschmierte, neben ihm sein Vater. Wie sonderbar, dass er diesem Leben nicht mehr angehörte. Oder irgendeinem anderen. Dass er immer nur durchfuhr, von nirgendwo nach nirgendwo, im Auto einer Fremden.

Die Landschaft wurde bergiger. In der Ferne zeichneten sich die nebelverhangenen Gebirgsmassive mit ihren lila Köpfen unter den Wolken ab. Selbst wenn man sie aus dem Blick verlor, dominierten sie alles.

Nun kamen sie nach Underberg, einer Stadt unterhalb der Berge, an deren Eingang auf einem windigen Hügel ein Aussichtsplatz war. Darauf stand eine hohe Steinplatte mit einer eingravierten Straßenkarte. Es hätte ihm gefallen, wenn sie hier angehalten hätten und ausgestiegen wären, um den Anblick der unendlichen Gebirgsketten hinter den grünen Hügeln zu genießen. Doch sie fuhr unbeirrt daran vorbei, schlängelte sich die Kurven hinunter in Richtung Stadt. Kurz sah er Tankstellen, Verkaufsläden und Hinweisschilder von touristischen Vergnügungen. Dann waren sie durch das kleine

Zentrum hindurch und bogen in eine ungeteerte Straße ein, die den Wagen mitsamt Inhalt durchschüttelte wie eine Waschmaschine. Sie hatten nach allen Seiten einen ungehinderten Ausblick auf die Berge. Die Straße schien direkt darauf zuzuführen.

Als er schon dachte, das Ruckeln würde niemals enden, bog sie bei einem Schild in eine grasbewachsene Einfahrt ein und hielt vor einem schmalen Backsteingebäude.

»Wir sind da«, sagte sie. »Das ist das Cobham-Naturreservat. Mein Lieblingsort und das am besten gehütete Geheimnis von ganz Drakensberg. Ich hab mir gedacht, dir würde eine kleine Tour hier gefallen, weil du doch so gern wanderst. Ich gehe und hole unsere Erlaubnis im Büro. Da gibt es auch Toiletten, falls du eine brauchst.«

Er stieg langsam aus und starrte auf die herrlichen Berge, die sich rund um ihn auftürmten, ihre Präsenz überwältigte ihn. Dort, wo er herkam, gab es auch Berge, aber nicht solche – sie waren eher grasbewachsen. Die Bergspitzen hier sahen aus, als wären sie aus einem einzigen Riesenfels gehauen, so eng lagen sie beieinander. Ihre steinerne Macht schmerzte sein Herz, ebenso wie die Geier mit ihren weit ausgebreiteten Schwingen, die er weit darüber ihre Kreise ziehen sah. Das Blau des Himmels war von einer anderen Intensität als irgendwo sonst.

Kurze Zeit später war sie mit irgendwelchen Packungen zurück.

»Nun?«, fragte sie. »Was meinst du? War es richtig, dich hierher zu bringen?«

Ohne ein Wort zu sagen, strahlte er sie an.

»Gut«, sagte sie. »Ich habe mir schon gedacht, dass es dir gefällt.«

Sie holte einen kleinen Rucksack aus dem Kofferraum und füllte ihn mit ihren Einkäufen. Dann stiegen sie wieder ins Auto und fuhren die kurze Strecke zum Besucherparkplatz, der unter Bäumen lag. Ein gemähter Pfad führte den Hang hinunter, an einem Campingplatz vorbei und zu einem Holzschild mit einer wandernden Person darauf.

Unten schaukelte eine lange Hängebrücke aus Holzplanken einladend über einem Fluss, in dem Gesteinsbrocken lagen. Dahinter erkannte er grasbewachsene Grünflächen, von denen ein Trampelpfad verführerisch in Richtung Berge abzweigte.

»Geh vor«, sagte sie. »Du führst uns.«

Er trat auf die schwankenden Bretter der Brücke, ohne die Drahtseile zu beachten, die auf beiden Seiten angebracht waren, damit sich nervöse Leute daran festhalten konnten. Vergnügt schritt er aus und genoss das Auf und Ab unter seinen Fußsohlen, dabei machte er absichtlich hüpfende Schritte, damit die Brücke mitschwang. In der Mitte blieb er stehen und sah auf den seichten Fluss, der sich über die Felsbrocken wälzte. Als er über die Schulter zurücksah, erblickte er seine Gefährtin, die wie festgefroren dastand und sich mit beiden Händen verbissen an die Drahtseile klammerte. Sie wartete, bis er das andere Ende erreichte, bevor sie weiterging. Er grinste für sich und sprang leichtfüßig über die Stufen aus Baumstämmen zum Ufer hinunter. Dort gesellte sie sich wenig später, immer noch mit einem Gesichtsausdruck, als wäre sie seekrank, zu ihm.

»Ich bleibe hier auf diesen Felsen ein bisschen sitzen und genieße den Fluss«, sagte sie. »Du kannst weitergehen. Es gibt einen hübschen Weg von hier zu den Felstümpeln. Du musst ihm nur folgen. Geh nicht weiter als bis zu den Tümpeln. Es dauert ungefähr eine Stunde bis dahin und zurück. Ich werde hier auf dich warten. Bring fröhliche Sachen mit, von denen du mir erzählen kannst.«

Er nickte, seine Augen fixierten die verführerischen Berge direkt vor ihm.

»Nimm das hier mit.« Sie gab ihm eine kleine Papiertüte, die sie aus dem Rucksack nahm. »Da sind Wasser und Sandwiches sowie ein paar Snacks drin, damit du nicht schlappmachst. Wandern macht hungrig. Hast du das Käppi, das ich dir gegeben habe? Die Sonne ist stark zu dieser Tageszeit.«

Er hatte es nicht dabei. Seine Füße bewegten sich bereits in Richtung Graspfad, der sich geheimnisvoll wegschlängelte, fast unsichtbar zwischen dem Gestrüpp.

»Nun, immerhin hast du deine Jacke. Das Wetter kann hier ganz ohne Vorwarnung umschlagen. Genieß deine Wanderung!«, rief sie. »Komm unbedingt vor Sonnenuntergang zurück. Danach wird es sehr schnell dunkel. Sei nicht zu spät, sonst muss ich die Ranger bitten, dich zu jagen. Ihre Pferde haben Nasen wie Hyänen.«

Er hörte sie kaum noch. Der kurvige Pfad war unwiderstehlich, er erfüllte ihn mit einem starken

Verlangen. Schnellen Schrittes ging er ihn entlang, als könnte die ganze fantastische Aussicht vor ihm im nächsten Augenblick bereits verschwunden sein.

Sobald er außerhalb des Sichtfeldes ihrer scharfen Augen war, blieb er stehen, um aus den einengenden Schuhen zu schlüpfen. Seine eingequetschten Füße freuten sich über ihre Freiheit, genossen das seidige Gras, die raue Wärme der Steine und die Kühle des Schlamms. Er eilte weiter in Richtung der Berge, erneut erfüllt von diesem seltsam intensiven, explodierenden Gefühl, das er auf den Felsen im Tal schon einmal gehabt hatte. Um ihn herum neigten sich die Hügel, wie um ihn sanft zu wiegen. Endlos erstreckte sich der gewaltige Himmel. In seiner Brust breitete die Freude ihre riesigen Flügel aus. Sie schleuderte ihn empor, wirbelte ihn herum und fing ihn wieder auf, als er zurück auf die Erde fiel.

Die grünen Hänge wurden steiler, weiter oben duckten sich Felsbrocken wie Riesenschildkröten. So viel zum Anschauen, zum Aufsaugen, zum Fühlen. Er verspürte keine Angst hier, überhaupt keine. Es war niemand da, vor dem er sich fürchten konnte. Nur die Berge mit ihren Vögeln und anderen Bewohnern, die ihren eigenen Geschäften nachgingen, ohne ihn zu beachten.

Er dachte daran, wie einfach es wäre hierzubleiben. Sich selbst in den unbewohnten Gebirgsnischen zu verlieren. Das reine Wasser aus den Bächen und Strömen zu trinken. Zu essen, was die wilden Paviane aßen: Insekten und Beeren und Vogeleier. Das waren Überlebenstechniken, die er bereits erlernt hatte. Auf eine Art hatte er Glück, er wusste schon, wie man mit nichts überlebte. Er hatte die Findigkeit seiner Mutter. Doch früher oder später würden sie ihn aufspüren. Sie würden kommen und nach ihm suchen mit ihren Hyänenpferden. Ihn verfolgen, bis sie ihn hatten. Sie würde sicher dafür sorgen. Die Frau namens Winter, die sich ihn als Hilfsprojekt auserwählt hatte.

Er schritt weiter aus, freute sich über seine geschmeidigen Bewegungen, darüber, wie sich seine Muskeln und Sehnen abwechselnd anspannten und lockerten, um den Hang leicht zu bezwingen. Ewig hätte er so weiterwandern können. Der Pfad schien kein Ende zu nehmen. Die Berge blieben, wo sie waren, und lockten ihn immer näher heran. Verschiedenfarbige Gräser winkten mit ihren reifen Samenköpfen, dazwischen standen Wildblumen, klein und lieblich wie Geschenke. So viel Leben hier. Insekten, die er nie zuvor gesehen hatte. Vögel, die er noch nie gehört hatte. Kein Geräusch, außer den Stimmen der Natur, dem Rascheln der Blätter und Gräser unter seinen nackten Füßen und dem Gurgeln verborgener Quellen unter der Erde, die in die blauen und silbernen Gebirgsströme mündeten, um mit ihnen im Sonnenlicht fortzufließen.

Es war nicht weit bis zu den Felstümpeln, dennoch brauchte er lange, bis er sie erreichte. Er musste immer wieder stehen bleiben, um sich die Dinge anzusehen. Er musste die zerklüfteten Gipfel der

Sandsteinhügel bewundern, sich hinknien und eine besondere Blume untersuchen oder ein faszinierendes Insekt.

Die Sonne schien sehr stark, ihre Hitze strahlte von der blauen Scheibe des Himmels herunter. Er begann sich zu wünschen, er hätte die Kappe dabei. Es gab nirgends Schatten. Nicht ein Windhauch kühlte die brennende Luft. Der Tag hielt eine wachsende Spannung bereit, als würde sich irgendwo ein Sturm zusammenbrauen. Wolkenmassen drängten sich an die Berggipfel wie magnetisiert.

Endlich erreichte er die Teiche, zog seine Kleider aus und tauchte hinein. Das kalte Wasser versetzte ihm einen unerwarteten Schock. Eiseskälte unter der warmen Oberfläche. Zu schmerzhaft, um es lange darin auszuhalten.

Danach lag er nackt auf den warmen Felsen und beobachtete die Raubvögel, die über ihm mühelos ihre Kreise zogen. Es war so friedlich dort. Der Himmel dehnte sich über ihm aus, und die Stimme des Wassers murmelte in seinen Ohren. Ohne dass er es gewollt hatte, schlief er ein und fuhr einige Zeit später wieder hoch, als ihn am ganzen Körper Gänsehaut überzog. Eine Wolke hatte sich vor die Sonne geschoben, am Himmel hatte sich eine drückende Spannung zusammengeballt.

Er hörte die unheilvolle Warnung des Donners. Ein schwarzes Unwetter presste sich an die Berge, darüber verdichteten sich Wolken wie eine feindliche Armee und sogen alles Tageslicht in ihre aufgeblähten Bäuche.

Er zog sich wieder an und setzte seinen Weg fort. Er wusste, dass er zurückgehen sollte, aber er konnte der Versuchung weiterzugehen nicht widerstehen. Seine Füße wollten zu den Bergen wandern, nicht davon weg. Er schien nicht in der Lage zu sein, sich von ihnen abzuwenden.

Er fürchtete sich nicht vor Unwettern. Er war weit schlimmeren Dingen begegnet in den Wäldern. Und er wusste, dass er sich hier draußen unter allen Bedingungen um sich selbst kümmern konnte. Er war ein Pfadfinder, war es gewohnt, Wege zum Überleben zu finden, selbst wenn es keine gab.

Die Berge waren so wunderschön inmitten des sich zusammenbrauenden Sturms. Das elektrische Licht der Wolken tauchte die felsigen Gipfel in ein unwirkliches Pink, löschte alle Einzelheiten aus, sodass nur noch das Knochengerüst der Felsen zurückblieb.

Grün leuchtete das Unwetter am Himmel, anders als alles, was er je gesehen hatte. Und es wurde immer dunkler, die Wolken hingen immer tiefer, ihre Bäuche waren so schwarz, als wären sie Bomben, die gleich explodierten. Wieder dachte er darüber nach umzukehren, aber der Pfad hielt ihn fest, und er konnte nicht anhalten. Es war jetzt ohnehin zu spät, um zurückzugehen. Das Unwetter würde sich gleich direkt über ihm entladen. Er musste schnell einen Unterschlupf finden und dort abwarten, bis es vorbei war. Möglicherweise würde er sogar die ganze Nacht auf dem Berg verbringen müssen. Bei diesem Gedanken empfand er eine unbändige Freude.

Zu seiner Linken entdeckte er aufgetürmte Sandsteinfelsen. Dort oben gab es wahrscheinlich Höhlen. Seine Augen machten ein paar schmale Spalten aus, die zu eng aussahen, als dass sie von Nutzen sein konnten. Dann eine tiefere Öffnung, halb unter Gestrüpp verborgen. Er kletterte hoch und fand eine Vertiefung im Gestein, die genügend Schutz bot. Schwarze Feuerasche, zertrampeltes Stroh zum Schlafen und der beißende Geruch von Fäkalien verrieten ihm, dass sie bereits von anderen genutzt worden war, und nicht nur von Menschen. Doch es gab keinen Hinweis auf einen aktuellen Bewohner.

Wie der König der Welt saß er unter dem Felsvorsprung auf einem Stein und sah zu, wie das Unwetter direkt vor ihm ausbrach. Die wilde Schönheit erfüllte ihn mit erhabener Ehrfurcht. Blitze jagten wie riesige gezackte Schlangen ihr Gift über den Himmel, Winde kreischten wie wütende Götter, ohrenbetäubend dröhnte der nahe Donner. An seinem Aussichtspunkt jubelte er innerlich, er wusste, dass er sicher war.

Schließlich zog das Unwetter ab, immer noch grollend vor Wut und mit einem Schwanz aus Blitzen um sich schlagend. Es wurde von schwarzer Nacht abgelöst. Ein kalter Wind blies seinen regennassen Atem in den Unterschlupf. Er war froh über die wasserfeste Jacke, die Sandwiches und Snacks, die ihm seine Wohltäterin in weiser Voraussicht mitgegeben hatte. Er hatte ein bisschen ein schlechtes Gewissen, weil sie vergeblich an dem Bach auf ihn wartete. Doch er beschwichtigte es damit, dass er ihr eine Menge fröhlicher Dinge erzählen konnte.

Die Wolken verzogen sich, und an ihre Stelle trat ein Teppich aus Sternen, eindrucksvoll und wunderschön in der Dunkelheit der Berge. Er sah den dreieckigen Kopf des Stieres und gleich daneben ein verführerisches Glitzern: die blinkenden Juwelen der sieben Schwestern, unwahrscheinlich hell und klar beschworen sie die Erinnerung an die geheimnisvolle Welt jenseits der unseren.

Auf dem zerdrückten Stroh zusammengerollt, blieb er lange wach liegen, ohne an irgendetwas zu denken, er fühlte nur. Eine Intensität, die er nicht benennen konnte. Außerhalb seines gemütlichen Rückzugsortes kläfften Schakale ihr wildes, hohes Bellen, worauf eine Nachteule barsch antwortete. Das ferne Flüstern des vom Regen angeschwollenen Flusses drang so gleichmäßig herauf wie die Atemgeräusche eines Schlafenden.

Die Dunkelheit sickerte in seinen Kopf, und er schlief ein, ohne es zu merken. Er träumte das Übliche: dass er durch nie enden wollenden Wald lief, auf der Suche nach seiner Mutter, auf der Flucht vor seinen Verfolgern. Zwischendrin immer wieder das gedämpfte Klappern von Pferdehufen und Männer, die seinen Namen riefen. Doch sie machten ihm keine Angst. Er wusste, dass er in seiner Felsspalte vor ihnen in Sicherheit war.

Kapitel 10

Das helle Sonnenlicht des Morgens weckte ihn. Als er die Augen aufschlug, sah er ihm unbekannte Felsen und eine geschwärzte Steindecke über sich. Über Nacht war die Temperatur stark gesunken. Seine Haut fühlte sich trotz der Jacke eisig an, er war bis auf die Knochen durchgefroren. Mit steifen Bewegungen streckte er sich, dann sprang er erschrocken auf. Vor dem Eingang kauerte ein großer Schatten. Die Gestalt starrte ihn ebenso verängstigt an und sprang mit einem »Buah« zurück, das die Wände der Höhle erschütterte: ein großer Pavian, ohne Zweifel der Verursacher des Kotes.

Er blieb nicht da, um sich mit ihm anzulegen, sondern schwang sich flott den Hang hinunter, sein silbrig braunes Fell glänzte im frühen Licht des Tages. Emanuel folgte langsamer, tauchte in die sanft heraufziehende Morgendämmerung ein. Die regendurchnässte Welt war gerade erst dabei, sich aus dem Schlaf zu quälen. Auf dem dunklen Hang auf der anderen Seite des Flusses konnte er Schatten sehen, die sich bewegten: eine Reihe großer Antilopen auf ihrem Weg nach unten zum Wasser. Unter ihm eilte eine kleine Kreatur über den Pfad und hielt kurz inne, als würde sie seine Gestalt riechen. Es war der Schakal, den er in der vergangenen Nacht gehört hatte. Die Kreaturen des Tages und der Nacht beim Schichtwechsel.

Er setzte seinen Weg wieder fort und ging zögerlich zurück, dabei kämpfte er immer noch gegen den Drang, in die andere Richtung zu gehen, weiter hinein in die Berge und auf die Hänge. Das frische Blau des Himmels warf seinen sanften Schein auf die Gipfel. Er wollte hier verweilen, die Magie dieser sanften Stunde genießen, sich auf die großen Felsen am Fluss setzen und zusehen, wie die Welt erwachte, während er darauf wartete, dass die Sonne emporstieg und ihn mit ihren Strahlen wärmte. Doch er wusste, dass Winter auf ihn wartete und sich fragte, wo er blieb.

Zu bald schon kam er zu der Hängebrücke. Vor ihm ging die goldene Sonne gerade erst zwischen weißen Wolkenbergen auf. Er überquerte die schwingende Brücke über den Fluss, der jetzt, nach dem Regen, viel mehr Wasser führte, mit einem Grollen strömte es über die Felsen. Er verharrte nicht, um es zu bewundern. Langsam begann er zu begreifen. Er konnte nur hoffen, dass sie verstanden hatte, dass er vom Unwetter überrascht worden war und einen Unterschlupf für die Nacht gefunden hatte. Schuldbewusst fragte er sich, wo sie die Nacht verbracht hatte, während er in seiner Höhle im Trockenen gewesen war.

Beim Zeltplatz war nichts von ihr oder irgendjemand anders zu sehen. Als er dann ihren Wagen auf dem Parkplatz an der gleichen Stelle stehen sah, war er erleichtert. Vorsichtig ging er darauf zu, als könnte er ohne Vorwarnung losfahren und ihn überrollen. Hinten standen beide Türen offen. Auf der einen Seite sah er Füße hinausragen, auf der anderen Seite einen zerzausten weißen Haarschopf.

Obwohl seine Schritte auf dem Gras leise waren, hörte sie ihn. Mit einem Knarzen setzte sie sich auf und starrte ihn durch die offene Tür an. In ihrem Gesicht waren kein Lächeln und keine Willkommensfreude zu erkennen. Es war so blass, nein, fast grünlich wie die Sturmwolken. Das normalerweise zu einem ordentlichen Knoten hochgebundene Haar fiel ihr ungebändigt über die Schultern.

»Wo warst du, Emanuel?«, krächzte sie mit einer Stimme wie von einer Untoten.

»Ich war dort«, sagte er, »bin dorthin gewandert, wo du mich hingeschickt hast. Das Unwetter kam, also bin ich in eine Höhle ...«

»Du hättest lange vor dem Unwetter zurück sein sollen. Du warst stundenlang weg. Ich habe dir gesagt, du musst vor Sonnenuntergang zurück sein. Warum warst du nicht zurück?«

»Ich wusste die Uhrzeit nicht«, stotterte er. »Ich bin gewandert, dann kam das Unwetter, und ich musste auf dem Berg bleiben ...«

Ausdruckslos starrte sie ihn an.

»Und dir ist es nicht in den Sinn gekommen«, fragte sie, »dass ich hier sitze und auf dich warte? Mich zu Tode ängstige, weil dir etwas passiert sein könnte? Ich dachte schon, der Berg hätte dich verschluckt. Du wärst ohne Schutz vom Unwetter überrascht worden. Vom Blitz getroffen. Oder dass du im Regen vom Berghang abgerutscht bist und dort liegst, verletzt und hilflos.«

»Ich kann allein auf mich aufpassen«, sagte er trotzig.

»Du bist nicht allein, Emanuel, das ist das Problem. Du bist mit mir hier. Mit einer anderen Person. Der es wichtig ist, was mit dir passiert. Wie kannst du mir das antun?«, fauchte sie ihn plötzlich an. »Wie kannst du zulassen, dass ich mir umsonst schreckliche Sorgen um dich mache?«

Ihr Gesicht zitterte, als würde es jeden Moment auseinanderbrechen. Bei ihrem Wutausbruch hob er abwehrend die Schultern.

»Ich bin gewandert«, sagte er erneut. »Und dann kam das Unwetter. Und dann war es dunkel, also musste ich in der Höhle bleiben.«

»Die Ranger waren die ganze Nacht draußen, um nach dir zu suchen. Du hast sie doch sicher rufen gehört?«

»Ich war in einer Höhle«, wiederholte er.

Sie hörte nicht zu. Ihre Augen waren auf seine nackten Füße geheftet.

»Wo sind deine Schuhe?«, fragte sie. »Die, die ich dir gegeben habe?«

»Ich habe sie stehen lassen. Sie waren unbequem, also hab ich sie ausgezogen«, nuschelte er.

»Wo, Emanuel? Wo hast du sie stehen lassen?«

Er zuckte die Achseln. »Vielleicht am Fluss. Vielleicht in der Höhle. Ich weiß es nicht mehr.«

Er fragte sich, warum sie so einen Aufstand wegen

ihnen machte. Sie waren noch nicht einmal neu gewesen.

Sie starrte ihn so an, dass es ihm Angst machte. Sie öffnete den Mund und schloss ihn wieder. Schwang sich aus dem Wagen, schloss erst die eine, dann die andere Hintertür und humpelte außen herum zur Fahrerseite, dann startete sie ohne ein Wort den Motor. Die kalte Maschine erwachte nur langsam zum Leben und störte den Frieden der Berge mit ihrem rauen Husten. Er schaffte es gerade so auf seinen Sitz, da brauste sie auch schon mit Vollgas davon, auf das Backsteingebäude zu, um seine sichere Rückkehr im Büro zu melden.

Kapitel 11

Der Zugangsweg war nach dem Unwetter voller Lehm und übersät von tiefen Schlaglöchern und Unebenheiten, doch sie malträtierte ihr altes Auto, als wäre es ein Buschtaxi. Nur der Gurt verhinderte, dass er sein Gehirn am Autodach ausquetschte. Er war kurz davor, den Inhalt seines leeren Magens auszuspucken, da erreichten sie das Stück Teerstraße. Sie jagten über das Stoppschild hinaus, hielten dann kurz mit quietschenden Bremsen und kurvten den Weg, den sie gekommen waren, nach Underberg zurück.

Sie sprachen kein einziges Wort, während sie durch den Ort jagten und dann auf die Straße einbogen, die zurück zur Stadt führte. Er konnte nicht glauben, dass sie bereits zurückfuhren, dass sie ihn wieder einfach so auf der Straße absetzen würde. Sein Kopf war immer noch angefüllt mit der Freiheit der Berge. Er verzehrte sich danach, das eine Wort auszusprechen, das er sagen musste. Doch sein Mund schien ihm einfach nicht gehorchen zu wollen.

Ihre Wut klang nicht ab. Sie flogen in lebensgefährlichem Tempo dahin, weit über der Geschwindigkeitsbegrenzung, überholten blind und kümmerten sich nicht um das schrille Hupkonzert der Lastwagen, wenn sie ihnen tänzelnd auswichen.

»Entschuldigung«, murmelte er schließlich.

»Was? Was hast du gesagt?«

»Entschuldige. Dass du dir wegen mir Sorgen gemacht hast. Letzte Nacht.«

Sie antwortete nicht und fuhr verbissen weiter, als hätte er nichts gesagt.

Im falschen Gang tuckerten sie den langen, steilen Hügel mit dem Aussichtspunkt an der Spitze hinauf, an dem sie bei der Herfahrt vorbeigekommen waren. Im allerletzten Moment schwang sie das Lenkrad herum und kurvte quer über die Gegenfahrbahn auf den Zugangsweg, der zum Aussichtspunkt führte. Wie durch ein Wunder stießen sie mit niemandem zusammen. Sie schaltete den Motor ab und blieb sitzen, die Hände ans Lenkrad geklammert, als würde sie noch fahren. Im Auto herrschte dröhnende Stille. Durch die dreckverschmierte Windschutzscheibe wurde ihr Blick von einem Relief aus grünen Hügeln und blauen Bergen ernst erwidert. Seine Augen saugten ihre Schönheit wehmütig auf. Sein Geist wollte dorthin zurückfliegen.

Nach einer Weile stieg sie aus und lehnte sich gegen die Kühlerhaube. Vorsichtig ging er zu ihr. Sie standen da, ohne zu reden, und sahen dem Wind zu, wie er die zerzausten Tannen peitschte. Sein kalter Atem zerrte an ihren Kleidern und wehte ihr die langen weißen Haare wie die Mähne einer Hexe ums Gesicht. Sie schien es nicht zu bemerken.

»Du hast mich einmal gefragt, warum ich nett zu dir gewesen bin.«

Der Wind schüttelte sie genauso, wie er die Kiefern hin- und herwarf, böig wie bei einem Tobsuchtsanfall. Hätte das Auto nicht hinter ihnen gestanden, so wären sie vermutlich hinaufgewirbelt und in schwindelnde Höhen davongetragen worden.

»Ich habe dich an diesem Tag mitgenommen«, sagte sie, »weil ich dachte, du wärst es wert, dass man dir hilft. Du hättest die Geschichte nicht verdient, in der du gefangen bist. Ich habe mir gedacht: Ich werde nicht ewig hier sein. Vielleicht kann ich auf dieser Welt noch etwas Gutes tun, ehe ich sie verlasse. Jemandem helfen, der sich bemüht.«

Sie sah ihn nicht an beim Sprechen. Er musste sich zu ihr beugen, um sie zu verstehen.

»Jetzt weiß ich, dass ich mich geirrt habe. Man kann niemandem helfen, der sich nicht helfen lassen will. Du willst dem Schicksal verhaftet bleiben, das dich getroffen hat. Auf der Straße bleiben, an die du dich gewöhnt hast. Also soll es so sein.« In ihrem Tonfall schwang keine Wut mit, nur Müdigkeit.

Er suchte nach etwas, das er sagen konnte. Aber ihm fiel nichts ein.

»Du bist mir aufgefallen«, sagte sie mit einem Achselzucken, als hätte er eine Frage gestellt. »Jedes Mal, wenn ich an der Ampel angehalten habe, habe ich dich da sitzen sehen mit deinen instand gesetzten Holzkisten, die niemand haben wollte. Doch du hast sie trotzdem weiter repariert, als wären sie es wert, bewahrt zu werden. Du hast ausgesehen wie jemand, der nicht nach Almosen fragt, sondern die Dinge einfach anpackt. Mir hat gefallen, wie sauber du deinen Platz gehalten hast. Du hast deinen Müll nicht wie alle anderen einfach auf den Boden geworfen, sondern zum Mülleimer gebracht. Sogar die alten Nägel hast du aufgeklaubt und ordentlich weggeworfen. Du hast dem Boden, der dich getragen hat, Respekt gezollt. Für den da gibt es Hoffnung, dachte ich mir. Einmal habe ich gesehen, wie du mit zwei verwelkten Topfpflanzen, die du irgendwo gefunden hattest, herumgelaufen bist. Du hast den alten Sand voller Zigarettenkippen und anderem Unrat ausgeleert und die Töpfe mit neuer Erde aus den Blumenbeeten am Straßenrand aufgefüllt. Du hast die Pflanzen bis ganz unten zurückgeschnitten und sie wieder ins Leben geholt, indem du sie mit dem Deckel einer Flasche, in den du Löcher geschnitten hattest, gegossen hast.«

Es erstaunte ihn, wie genau sie ihn beobachtet hatte, diese unbekannte Fremde. Und er hatte gar keine Ahnung von ihrer Existenz gehabt.

»Als ich das nächste Mal diese Straße entlanggefahren bin, standen sie blühend auf deinen Kisten. Er hat einen grünen Daumen, dieser Junge, habe ich mir gesagt. Das bedeutet etwas. Also habe ich mein Glück mit dir versucht und dich zur Ameisenbärenhütte mitgenommen. Ich wollte dich aus den Fängen der Straße befreien. Dich an einen schönen Ort mitnehmen, der dir in Erinnerung rufen konnte, dass die Welt nicht nur aus Grausamkeit und Elend besteht. Ich wollte sehen, wie viel Grips du hast. Aber dann hast du mich mit deinem Messer bedroht wie ein gewöhnlicher Tsotsi. Da dachte ich mir: So ist er also. Ich habe begriffen, dass man nicht einfach das Leben anderer für sie verändern kann. Die Person und ihre Geschichte existieren nicht unabhängig voneinander. Wenn man die eine aufliest, kommt die andere mit.«

Sie hatte beim Sprechen Haare im Mund. Nervös suchte sie nach ihrem Haarband. Er entdeckte es am Boden und hob es für sie auf. Sie nahm es entgegen, ohne danke zu sagen.

»Doch dann, gerade als ich dich aufgegeben hatte, sah ich dich in der Schlange an der Supermarktkasse, wie du deine paar Münzen einer alten Frau geschenkt hast, deren Geld nicht gereicht hat. Und ich dachte mir: Vielleicht hab ich ja doch richtig gelegen mit dir. Vielleicht verdienst du noch eine zweite Chance. Wieder falsch.«

Ihre Worte verletzten ihn. Es gab so vieles, was er sagen wollte. Doch wie immer wollten ihm die Wörter nicht über die Lippen kommen.

»Komm«, sagte sie plötzlich, »hier ist es kalt. Lass uns fahren.«

»Du bist wütend auf mich«, presste er schnell hervor, »weil du dir unnötig Sorgen um mich gemacht hast. Das tut mir leid. Es ist neu für mich, dass sich jemand um mich sorgt.«

Er wartete ab, ob sie etwas sagen würde. Doch sie

stand nur mit abgewandtem Gesicht und vor der Brust verschränkten Armen da.

»Und es macht dich wütend, dass ich deine Fragen nicht beantworten will.«

Der Wind wurde noch grimmiger, er blies zu stark, um weiterzureden. Emanuel wartete, bis er sich einen Augenblick beruhigte.

»Ich rede nicht über die Vergangenheit. Warum? Sie ist vorbei. Dieses Leben ist weg. Es gibt keinen Weg zurück.«

»Das verstehe ich, Emanuel«, sagte sie. »Das Problem ist aber, dass die Vergangenheit nicht vorbei ist. Sie lebt in dir weiter. Lässt dein Herz bluten. Und wenn du nicht darüber redest, wenn du weiter alles in dir verschlossen hältst, wo kein Licht drauffällt, dann wird es dich zerfressen wie Wundbrand. Glaub mir, ich weiß das.«

Zitternd wandte sie sich ab, um im Wagen Schutz zu finden.

»Ich habe gemacht, was du gesagt hast!«, rief er ihr schnell hinterher.

Sie drehte sich nicht um.

»Ich habe den neuen Namen, den ich suchen sollte. Die Berge haben ihn mir gegeben.«

Das brachte sie zum Stehenbleiben. Kurz sah sie ihn über die geöffnete Tür hinweg an, dann beugte sie sich hinunter, um einen Schal vom Rücksitz zu holen und ihn sich umzulegen.

»Verrat ihn mir«, bat sie.

»Es gibt ein französisches Wort, *éclaireur*. Das englische weiß ich nicht. Das ist jemand, der voraus-

geht, um den Weg zu finden, auch wenn es gefährlich ist. Jemand, der einen Weg schafft, dort, wo es
keinen gibt.«

»*Pathfinder*«, sagte sie. »Pfadfinder. Ja, das ist ein
guter Name für dich.«

»So hat meine Mutter mich immer genannt. Weil
ich immer den Weg für uns gefunden habe, als wir
durch die Wälder gelaufen sind. Es war sehr schwierig manchmal. Es gab keine Straßen dort, wo wir gewesen sind, noch nicht einmal Tierpfade, denen wir
folgen konnten …«

Plötzlich hörte er auf zu reden.

»Ich hab auch einen Namen für dich.«

Das überraschte sie.

»Du bist Winter Fire. Weil du wild und Furcht
einflößend bist manchmal. Und deine Wut brennt
wie Feuer. Doch die Flammen verschlingen das, was
tot und vorbei ist, sodass neue Dinge kommen können.«

In ihren Augen standen plötzlich Tränen. Zum
ersten Mal sah er, dass sie um Worte verlegen war.

»Und meine Mutter ist *ant bear*, die Ameisenbärin.
Stark wie eine Bärin, die für ihr Junges stirbt, um es
zu beschützen. Sie war eine gute Mutter. Sie hat ihr
Leben gegeben, damit ihr Junges überleben konnte.«

Jetzt waren es seine Augen, die sich mit Tränen
füllten.

»Emanuel«, sagte sie. Mit einer plötzlichen Bewegung zog sie ihn in eine enge Umarmung, aus der
es kein Entkommen gab. Er konnte den Strom der
Tränen nicht zurückhalten.

»Du bist ein ganz besonderer Junge«, fuhr sie fort. »Das habe ich schon gewusst, als ich dich zum ersten Mal gesehen habe. Du wirst deinen Weg zu dem guten Leben, das auf dich wartet, finden. Da bin ich mir sicher. Der Name, den du dir selbst gegeben hast, wird dir den richtigen Pfad zeigen.«

Endlich ließ sie ihn los.

Ohne zu reden, sahen sie auf das Ensemble der Berge. Die Welt fuhr vorbei, doch sie hatte nichts mit ihnen zu tun. Nur die Berge und der Wind waren real.

»Erzähl mir von ihr«, sagte sie, »von deiner Mutter, der Ameisenbärin.«

Dieses Mal sprach sie sehr sanft. Nicht in dem herrischen Befehlston wie zuletzt.

Er wollte antworten. Doch seine Kehle war wie zugeschnürt und ließ die Worte nicht hindurch.

»Das ist meine Mutter.«

Er zog das kleine herzförmige Medaillon aus der versteckten Falte in seinem Hosenbein und gab es ihr. Vorsichtig nahm sie es von ihm entgegen, als wäre es ein zerbrechliches Juwel, öffnete den Verschluss, sah auf das Bild in seinem Inneren und gab es ihm zurück.

»Sie ist hübsch«, sagte sie. »Sie hat dein Aussehen. Man kann sehen, dass du ihr Sohn bist. Kannst du mir erzählen, was mit ihr passiert ist?«, fragte sie mit weicher Stimme.

Und so erzählte er es ihr. Irgendwie war es an diesem Ort – mit dem stürmischen Wind, der die Worte davonblies, sobald er sie aussprach – leichter zu reden. Er erzählte die Geschichte den Bergen, nicht ihr. Den Bergen und dem weiten blauen Himmel, die sie stumm aufnahmen, ohne Tränen oder Verurteilung.

Kapitel 12

Er konnte sich nicht daran erinnern, wie es begonnen hatte. Nur daran, dass sie immer unterwegs gewesen waren. Unruhen waren schon zuvor in ihre Gegend gekommen, mit den Soldaten. Auch damals hatte es eine Menge Kämpfe gegeben, und die hatten lange gedauert. Doch da war er noch sehr klein gewesen. Sein Vater hatte ihn mit über die Grenze nach Uganda genommen, damit er in Sicherheit war, während seine Mutter mit seinen Schwestern zu Verwandten nach Kisangani gegangen und dortgeblieben war.

In Uganda hatte er auch Englisch gelernt. Sein Vater hatte darauf bestanden, dass er die Sprache lernte. »Du musst sie beherrschen, damit du nicht hilflos bist, falls du eines Tages Asyl in einem Land brauchst, in dem kein Französisch gesprochen wird. Unser Leben hier ist nicht sicher«, sagte er. »Wer weiß, wohin der Kongowind uns tragen wird.«

Damals hatte es Warnzeichen gegeben, bevor die Kämpfe ausgebrochen waren. Doch diesmal war es anders. Scheinbar über Nacht war ihr friedliches Leben im Chaos versunken. Das Erste, was sie in ihrem Dorf davon bemerkten, waren rennende Menschen.

Er und seine Mutter nahmen sich an der Hand und flohen mit allen anderen in den Wald. Hinter ihnen ertönten Schreie und Schüsse, Menschen liefen um ihr Leben, verfolgt von Männern mit Speeren, Macheten und Maschinengewehren. Leute fielen um und starben noch im Fallen. Sie hatten keine Zeit, um nach Familienangehörigen zu suchen. Sein Vater war in Uganda und verkaufte dort die Kakaobohnen aus seiner Kooperative. Seine Schwestern sah er nie wieder. Er und seine Mutter hatten einfach Glück, dass sie mit dem Leben davonkamen.

Niemand konnte genau sagen, was dieses verheerende Auflodern verursacht hatte. Manche behaupteten, es wären Stammesrivalitäten gewesen, die aus der Nachbarprovinz Ituri herübergeschwappt waren. Eine Fehde mit Mord und Vergeltung zwischen den beiden wichtigsten Clans, den Lendu und den Hema, die durch laufende Streitigkeiten um Land- und Weiderechte hochgekocht war. Andere sagten, es sei von Außenstehenden provoziert worden, von herumstreunenden Kampftruppen, die über die Grenze aus Ruanda gekommen waren und alte Verletzungen herumtrugen. Oder von Regierungseinheiten oder von Bandenchefs, welche die ethnischen Spannungen der Region für ihre eigenen Zwecke ausnutzten.

»Der Kongo ist mit zu vielen Reichtümern gesegnet, das ist das Problem«, hatte sein Vater ihm einmal erklärt. »Darum geht es bei all den Kämpfen in Wirklichkeit. Um die Bodenschätze. Direkt hier in Kivu. Gold, Diamanten, Kobalt, das seltene Coltan, das sie im Westen für ihre Mobiltelefone brauchen. Sogar Öl gibt es hier. Alle wollen die Bodenschätze. Das ist die wahre Ursache der Kriege und Kämpfe, die schon toben, seit die Belgier unser Land damals besetzt, unser Volk versklavt und in die Minen geschickt haben. Dieser Dämon der Gier, den sie losgetreten haben, hat sich weiter fortgepflanzt. Deshalb bleibt der Frieden nie lang bestehen.«

Die nordöstlichen Regionen, wo sie lebten, waren das Zentrum des Sturms. Die Angehörigen der Kivu und der Ituri bekamen das meiste davon ab. In diesen grausamen Kämpfen ohne Anfang und Ende war jeder ihr Feind: die Widerstandskräfte der Rebellen, die Regierungssoldaten, die brutalen Milizen in den Wäldern auf beiden Seiten der Grenze, die vergewaltigten, töteten und Jungen wie ihn kidnappten, um sie zum Dienst in ihren Schurkenarmeen zu zwingen oder sie als Sklavenarbeiter in die vielen illegalen Minen des Tagebaus zu schicken. So viele Feinde hatte das Volk der Kivutier. Der wunderschöne, friedliche See mit seinen nebelverhangenen Ufern war zu einem Ort des endlosen Konfliktes geworden.

»Hier entlang«, sagte seine Mutter und zog ihn von den in panischer Angst Flüchtenden fort in den Schutz der dichten Vegetation. Menschen jammerten und schrien nach ihren verlorenen Liebsten, Mütter waren getrennt von ihren Kindern, Männer von ihren Frauen, Brüder von ihren Schwestern. Es gab keine Möglichkeit zurückzugehen und seine Schwestern zu suchen, keine Zeit an etwas anderes zu denken als an ihr eigenes Überleben. Am ganzen Ufer brannten Dörfer. Überall waren Leichen. Immer noch wusste niemand, wer sie angriff oder warum.

Irgendwie bewahrte seine Mutter bei all der Panik einen kühlen Kopf.

»Wir gehen nach Uganda und suchen deinen Vater«, sagte sie. »Das ist das Beste, was wir tun können.«

Sie schlossen sich den Horden an zutiefst verstörten Leuten an, die zu dem ein paar Hundert Kilometer entfernten Albertsee zogen. Dort, so hofften sie, würde ein Fischerboot sie über den großen See nach Uganda mitnehmen. Man erzählte sich, es wären Flüchtlingslager für die Tausenden an Vertriebenen errichtet worden, die bereits dorthin geflohen waren.

»Die Boote werden euch nicht umsonst mitnehmen«, erklärte ein Mann seiner Mutter. »Ihr braucht etwas zum Tauschen. Einen Wasserkanister, Kleidung, irgendetwas.«

Sie hatten nichts außer den Kleidern an ihrem Leib.

»Gehen wir trotzdem dorthin«, sagte seine Mutter. »Vielleicht finden wir eine Möglichkeit, uns die Überfahrt zu verdienen. In der Zwischenzeit können wir versuchen, deinem Vater eine Nachricht zukommen zu lassen. Sicher hat er schon von den Kämpfen gehört und kommt, um uns zu suchen.«

Es war viel los auf dem Weg. Immer mehr Menschen kamen und schlossen sich dem Flüchtlingszug in Richtung See an. In der ganzen Region herrschte Chaos.

»Mit so einer großen Gruppe zu gehen ist nicht gut«, sagte seine Mutter. »Unsere Verfolger könnten uns einholen und uns alle umbringen. Komm mit, wir sollten uns besser unseren eigenen Weg suchen.«

Tagelang schlängelten sie sich durch den Wald, wobei sie Pfade nutzten, die sonst die Fischer nahmen.

Manchmal hörten die Spuren einfach auf, und sie mussten sich selbst den Weg suchen. Gelegentlich begegneten sie anderen im Wald und fragten nach der Richtung. Diejenigen, die vom Albertsee zurückkehrten, brachten schlechte Nachrichten mit. An den Ufern patrouillierten ständig bewaffnete Truppen, die das Leid der verletzlichen Flüchtenden ausnutzten. Sie nötigten ihnen alles ab, was sie konnten, und bezeichneten das als »Ausreisegebühr«. Wer nicht zahlen konnte, der wurde von ihnen erschossen oder als Geisel genommen, so zwangen sie junge Männer und Kinder mit Gewalt, sich ihnen anzuschließen.

Doch sie waren schon zu weit gegangen, um jetzt umzukehren.

»Vielleicht haben wir Glück«, sagte seine Mutter. »Vielleicht finden wir ein Boot an einer Stelle, an der nicht patrouilliert wird.«

Als sie den See schließlich sehen konnten, waren sie beide erschöpft. Sie hatten kaum etwas zu essen oder zu trinken gehabt, seit sie ihr Dorf verlassen hatten, nur das, was sie im Wald fanden. Blau dehnte sich der See vor ihnen aus, so groß wie ein ganzes Land und so hell, dass es ihren Augen nach dem grünen Dämmerlicht des Waldes wehtat. Entlang des ganzen Ufers waren Menschen. Tausende. Sie drängten sich um die langen Fischerboote, die in Ufernähe im Wasser schaukelten. Sie schrien, kämpften und mühten sich ab, um für die zehnstündige Überfahrt nach Uganda an Bord zu kommen.

»Ihr geht hier besser wieder weg«, riet ihnen eine Frau, als sie ungläubig auf die chaotischen Szenen starrten. »Die Lager sollen fürchterlich sein. Zu viele Menschen gehen dorthin, und es gibt nicht genug Essen und Schlafplätze. Viele werden dort auch krank. Besser schlägt man sich draußen durch.«

»Wir gehen in die andere Richtung«, entschied seine Mutter, »nach Kisangani. Wir können deinen Vater von dort benachrichtigen. Und vielleicht sind deine Schwestern auch dahin gegangen.«

Kisangani war wieder sehr weit weg von da, wo sie waren. Die einzige Möglichkeit, dorthin zu kommen, war zu Fuß oder auf dem Fluss. Im Nordosten des Kongo gab es über weite Strecken nur wenige Straßen, und die vermied man besser: Es waren die Routen der Soldaten und der Milizen. Sie hatten ohnehin kein Geld, um für eine Mitfahrgelegenheit auf einem Lastwagen zu zahlen.

Tagsüber versteckten sie sich in den Wäldern, und im Dunkeln wanderten sie dann. Mit der Zeit konnte er in der Nacht besser sehen als eine Wildkatze. Er war ein guter Pfadfinder und führte sie instinktiv in die Richtung, in die sie mussten. Doch er war auch nicht unfehlbar. Manchmal gingen sie in die Irre. Wenn sie dann zwischen den Bäumen hervortraten, mussten sie feststellen, dass sie weit vom Weg abgekommen oder sogar in ein anderes Land gewechselt waren. Denn in dieser entlegenen Region waren Grenzen oft nur Linien auf einer Karte oder ein Gewässer, das sich zwischen dem einen und dem anderen Gebiet erstreckte.

Die größte Angst hatten sie davor, sie könnten Milizen in die Arme laufen – Schurkenarmeen, die diese Waldstriche besetzten. So viele. Jede einzelne davon schickte ihre eigene Truppe skrupelloser Soldaten aus, um Ausschau zu halten nach hilflosen Dorfbewohnern wie ihnen.

Unter den Flüchtlingen kam das Gerücht auf, Kisangani wäre auch nicht sicher. Diesmal waren Rebellen- und Regierungstruppen die Anstifter. Sie bekämpften sich gegenseitig, um die Kontrolle über die Stadt zu erlangen, dabei massakrierten beide Seiten Zivilisten, die zwischen die Fronten gerieten, und brannten deren Häuser nieder. Einer der Flüchtlinge, die sie trafen, hatte ein Radio dabei. Auf Radio Okapi hörten sie, dass der sinnlose Krieg schlimmer wurde, wo früher Frieden geherrscht hatte, entflammten neue Konflikte. Wie ein Virus verbreitete sich die Unruhe von Stadt zu Stadt, von Region zu Region und von Land zu Land.

»Wir müssen den Kongo verlassen«, sagte seine Mutter. »Wir werden hier keine Sicherheit finden.

Wir müssen woanders Schutz suchen. In einem ganz anderen Land.«

Sie nahm sein Gesicht zwischen ihre Hände.

»Falls etwas passieren sollte«, erklärte sie, »falls wir einander aus irgendeinem Grund verlieren sollten, musst du ohne mich weitergehen. Versuch dann jemanden zu finden, der deinem Vater eine Nachricht überbringen kann. Lass ihn wissen, wo du bist.«

Sie setzten ihren Weg fort, quer durch die östlichen Landstriche des Kongo legten sie weite Strecken zurück. Dorthin reichte nicht einmal der Handyempfang, die Krater in den Lehmstraßen schluckten ganze Fahrzeuge, und mittendrin gab es riesige undurchdringliche Regenwälder. Das Gehen wurde ihr Lebensinhalt. Angesichts der Schönheit der kongolesischen Landschaft war es noch tragischer, welche blutrünstigen Konflikte die menschliche Bevölkerung hier austrug. Sie durchquerten Wälder, die reich an wilden Pflanzenarten waren, wie es sie nur an solchen Orten gab; Grassavannen, durch die Antilopenherden unter tiefhängenden Wolken zogen, umgeben von rauchenden Vulkanbergen; fruchtbare Hügel, an deren Hängen Dorfbewohner schon seit Hunderten von Jahren die zum Überleben notwendigen Pflanzen anbauten: Maniok, Erdnüsse, Bananen und Mais. All das war nun das Gebiet der Warlords mit ihren Kampftruppen und der Regierungsarmeen, die alles in Schutt und Asche legten, was auf ihrem Weg lag.

Sie begegneten vielen anderen, die genauso unterwegs waren wie sie. Nach Süden, immer nach

Süden. Auf der Suche nach dem geheimnisumwobenen Ort der Ruhe und des Friedens, den alle Kriege und Konflikte noch nicht erreicht hatten. Südafrika war der Zufluchtsort, von dem sie sprachen, ein unbekanntes Reich an der äußersten Spitze des Kontinents, dort, wo sich Land und Meer vermählten. Es hieß, dort gäbe es Jobs, das Geld läge auf den Straßen und vor allem, es sei Frieden.

Er und seine Mutter gingen ihren eigenen Weg. Sie lernten, welche Gebiete sie auf dem Flüchtlingstreck meiden sollten und wo es sicher war, eine Pause zu machen. Manchmal, wenn eine kleine oder größere Stadt freundlich war, dann blieben sie eine Weile dort. Doch es kam immer wieder der Zeitpunkt zum Aufbruch.

Am glücklichsten war er in den Wäldern. Sie hatten ihre eigenen Gefahren, aber sie waren ihm lieber als die verräterischen menschlichen Siedlungen. Um nicht von wilden Tieren angegriffen zu werden, schliefen sie in manchen Nächten auf Bäumen, angebunden an Äste, damit sie nicht im Schlaf herunterfielen.

Seine Mutter beherrschte die Kunst des Überlebens. Sie hatte eine freundliche Art und besaß einen natürlichen Charme. Groß, schlank, anmutig wie die Frauen ihres Stammes und gekleidet in das einfache Kleid der Kivutierinnen aus einem hell gemusterten Stoff, der sich leuchtend von ihrer glatten dunklen Haut abhob. Die Leute fühlten sich von ihr angezogen. Wenn sie an einem neuen Ort ankamen, betrat sie ihn wie eine stolze Rückkehrerin. Hilfreich war auch, dass sie die meisten der regionalen Sprachen beherrschte: Französisch, Swahili, Lingála, Tschiluba und Kikongo.

»Grüß die Leute immer wie jemand, der etwas zu geben hat, nicht wie jemand, der etwas braucht«, riet sie ihm.

»Guten Tag, Mutter, wie ich sehe, schmerzt dieses Bein dich. Brauchst du Hilfe mit deiner Wäsche heute?«, fragte sie zum Beispiel. »Ein Teller Essen genügt uns als Lohn.«

Irgendwie überlebten sie mit nichts. Irgendwie bekam seine Mutter sie satt.

Seine Mutter war so mutig. Sie musste im Wald manchmal genauso viel Angst gehabt haben wie er, aber sie zeigte es ihm nicht. Sie ging weiter, als stünde sie unter einem besonderen Schutz.

»Falls wir getrennt werden«, sagte sie wieder und wieder zu ihm, »geh weiter nach Süden, bis du in dem Land, das Südafrika genannt wird, die große Stadt am Meer erreichst. Dort gibt es ein Hotel namens Salamander. Da arbeitet der Bruder deines Vaters. Er ist da der Küchenchef. Er wird dir helfen. Ich komme dahin und treffe dich.«

Es war, als wüsste sie bereits, dass das Glück sie eines Tages verlassen würde.

Emanuel hörte auf zu reden.

»Und? Was ist passiert?«, fragte Winter. »Wie habt ihr beiden euch verloren?«

Er schüttelte den Kopf. Über diesen Schmerz war er noch nicht bereit zu reden.

Kapitel 13

Sie setzten ihre Fahrt fort. Es kam ihm komisch vor, dass es immer noch derselbe Tag war. Er hatte so viel durchlebt in den letzten paar Stunden. Für ihn fühlte es sich an, als hätte er Kontinente durchwandert, nicht nur ein paar Kilometer zurückgelegt. Seine Umgebung kam ihm unwirklich vor, in ihm kämpften die Gegensätze von Vergangenheit und Gegenwart miteinander, und seine unbeendete Geschichte zerrte an ihm, wie ein grausamer Unfall, den man sich nicht anschauen will, von dem man sich aber auch nicht abwenden kann.

Er hatte geglaubt, sie würden ihren Weg zurück in die Stadt fortsetzen. Doch irgendwo an der Landstraße war sie auf eine andere Route abgebogen, eine enge Durchfahrt, die nur mit einem Buchstaben und einer Zahl gekennzeichnet war. Die wilden Hügel und Berge lagen hinter ihnen, sie waren zurück im Land der Plantagen. Der Verkehr wurde von langsam fahrenden, schwer beladenen Lastwagen behindert, auf deren Ladeflächen ganze gefällte Wälder lagen. Er hasste den Anblick der nackten, kahlen Hügel, die dem Himmel ihre rote Haut entgegenstreckten. Als sie diese traurige Region hinter sich ließen und in die vertrautere Schotterstraße zur

Hütte einbogen, diesmal von der anderen Seite her, war er glücklich.

Das Paradies wartete auf sie, es war genauso wie in seiner Erinnerung. Blumen, Vögel und Schmetterlinge waren in einem Großaufgebot vertreten, um sie wieder willkommen zu heißen. Dieser friedliche, schöne Anblick verlieh ihm ein paar neue Lebensgeister. Er nahm so viel Gepäck, wie er tragen konnte, und stapfte über den freundlichen Waldpfad in Richtung der vertrauten Trittsteine, die zur Hütte hinunterführten. Es hatte auch hier heftig geregnet, sodass der Pfad rutschig war von Matsch und nassem Moos. Dicke braune Schmiere aus den Pfützen überzog seine Füße. Er legte seine Lasten auf der Terrasse ab und atmete tief durch: Es war, als käme er nach Hause. Dieselben gelben Blumen schaukelten im Wind. Dasselbe Gras duckte sich unter der frischen Brise. Die alten Felsen mit ihren von Flechten bedeckten Oberflächen. Er hatte nicht gewusst, wie sehr er sich danach gesehnt hatte, nach diesem Ort des Friedens und der Schönheit. Wie er zu ihm passte, als wäre er ein Teil seiner Haut. Als er den vertrauten Anblick der grünen Hügel mit den wolkenverhangenen Bergen im Hintergrund jetzt in sich aufnahm, verstand er, warum: Er erinnerte ihn an den Himmel zu Hause.

Der Käfer mit den Hubschrauberflügeln hatte einen Freund gefunden. Die beiden surrten fröhlich gemeinsam umher, prallten gegen die Pfosten und krabbelten in die runden Löcher hinein, die sie in die Holzbalken gebohrt hatten. In die undurchdringliche Dunkelheit. Löcher versprachen Sicherheit, das wusste er.

»Magst du etwas essen?«, fragte Winter. »Sicher magst du. Mach uns ein paar Sandwiches und Tee, während ich auspacke. Wühl einfach in der Kühlbox, dann findest du, was du brauchst.«

Anscheinend war er zur Küchenhilfe avanciert.

Die Hütte fühlte sich wie immer überfüllt an, wenn sie beide darin waren. Er ließ Wasser in den Kessel laufen und wartete dann draußen, bis es kochte. Sie wuselte mit Lebensmittelpackungen und Sachen aus ihrem Seesack hin und her. Ihr letzter Wille und das Testament waren von einem Papierstapel zu einem Papierberg angewachsen. Daneben legte sie den Laptop, noch in der Tasche, auf den Tisch.

Sie sah, dass er sie beobachtete.

»Was?«

»So viel Papier«, sagte er. »Was schreibst du so viel?«

»Was mir so in den Sinn kommt. Ich habe ein langes Leben, von dem ich erzählen kann. Eine Menge, das ich mir von der Seele reden muss, bevor ich sterbe. Nur für den Fall, dass sich jemand dafür interessiert.«

»Wann wirst du fertig?«

»Ich habe keine Ahnung. Ich kenne das Ende noch nicht, weißt du. Ich werde weiterschreiben müssen, bis ich es kenne.«

Sie sah ihn an.

»Soll ich dir etwas vorlesen? Interessiert es dich?«

Er nickte höflich, stellte Tassen und Teekanne hin, gab zwei Teebeutel hinein und tauchte sie gut unter, so wie seine Mutter es gemocht hatte.

»Hör gut zu«, sagte sie. »Deine Ohren werden vielleicht die einzigen sein, die das hören.«

Sie setzte sich die Brille auf, blätterte die einzelnen Seiten durch und hielt irgendwann inne.

»*Was wird also aus ihm werden, diesem kleinen, ungebildeten Fremden? Ausgespuckt auf eine fremde Straße in einem ausländerfeindlichen Land, ohne dass er selbst daran Schuld trägt …* Nein, darüber willst du nichts hören, du weißt es schon.«

Mit gerunzelter Stirn blätterte sie weitere Seiten durch, dabei summte sich vor sich hin.

»*Es ist das Paradies hier. Doch Paradiese haben auch ihre Raubtiere. In meinem Fall ist es das in meinem Inneren. Das eine, das mich schon den Großteil meines Lebens verfolgt …* Nein, das dürfte dich auch nicht interessieren. Mal schauen …«

Sie teilte den Stapel in der Mitte und überflog die oberste Seite wie ein Kartenspieler.

»*Als ich in meinen Zwanzigern war, dachte ich, die ganze Welt stünde mir offen. Doch das Leben beschloss, es müsste mir ein paar Dämpfer versetzen. Es stahl mir meine größte Freude, meinen edlen Liebling. Den Schatz, den ich am meisten liebte auf der ganzen Welt.*« Ihre Stimme zitterte, brach ab und erwachte krächzend wieder zum Leben. »*Es ließ ihn an einen geheimnisvollen Ort verschwinden …* Verstehst du das?«

Das tat er nicht, nicht ganz, trotzdem nickte er.

»*… von wo er niemals zurückkehrte. An diesem Tag hörte*

mein Leben auf zu atmen. Und es hat nie wieder damit begonnen. Ich wurde eine Gestalt des Zwielichts, weder aus dem einen Reich noch aus dem anderen. Die Bewegungen der Lebenden ausführend, mit einem toten Herzen in meinem Inneren ...«

Wieder hörte sie auf zu lesen. »Bist du dir sicher, dass du das hören willst?«

»Ja«, sagte er.

»Im Laufe der Jahre wurde ich mehr und mehr zu einem leeren Behälter, einem toten Körper, mit dem die fleischfressenden Würmer schon fertig gewesen sind. All die Lebenskraft und der Saft waren aus mir gesogen. Jetzt bin ich aufgewacht, um festzustellen, dass ich gefangen bin in einem alten Körper, der seinen Nutzen auf dieser Welt verbraucht hat. Alles, was mich einst an das Leben gefesselt hat, wurde mir genommen oder zerstört. Ich habe dieser bedürftigen Welt nichts mehr anzubieten außer dem Kummer, der mich in meinem hohen Alter immer noch auffrisst. Ich sehe keinen Sinn darin, die Dinge weiter hinauszuzögern. Ich werde keines dieser alten Klappergestelle werden, die mit hundertdreizehn Jahren noch immer, ohne Zähne oder funktionierende Hirnzellen, herumwackeln, all die lebendigen Teile längst von Bord gegangen – Augenlicht, Gehörsinn, Beweglichkeit, Gedächtnis. Ich werde mich selbst in dem von mir gewählten Moment beseitigen, in dem mir eigenen Tempo und der mir eigenen Art, solange ich noch erhobenen Hauptes zur Hinrichtung gehen kann. In einer Welt, die so chronisch überbevölkert ist, über seine Nützlichkeit hinaus zu leben ist ein Verbrechen der Maßlosigkeit, das ohnehin mit dem Tod bestraft werden sollte ...«

Sie sah zu ihm auf, prüfte, ob er ihr zuhörte.

»Ich ergreife lieber die Initiative, beende es, solange ich noch selbstbestimmt bin, breche mit ein paar todbringenden Pilzen in der Tasche zu einem kühlen Felshang auf, spende den Aasfressern meine Überreste, damit sie ihre Jungtiere und Küken füttern können ...«

Sie legte die Seite zurück auf den Stapel, nahm ihre Brille ab und sah ihn herausfordernd an.

»Und? Was denkst du? Morbides Zeug, oder? Du siehst verwirrt aus. Zu hochtrabendes Englisch für dich?«

Er schüttelte den Kopf.

»Du siehst aus, als wolltest du etwas sagen. Spuck es aus.«

Er blieb stumm.

»Sag es laut. Es steht dir ins Gesicht geschrieben.«

»Das ist wie aufgeben?«

»Was meinst du?«

»Freiwillig zu sterben. Das machen nur Feiglinge. So viele Leute wollen kämpfen, um am Leben zu bleiben, aber sie werden umgebracht. Du bist am Leben und willst es beenden. Das ist falsch.«

»Das ist ein berechtigter Einwand. Er ändert nichts, aber er ist berechtigt. Ist der Tee schon fertig?«

Das war er.

Er schenkte ihn in die Tassen ein, stellte sie zu den Sandwiches auf das Tablett und trug es nach draußen zur Bank.

Das Licht im Tal des Friedens wurde bereits schwächer. Wolken türmten sich auf, die grünen

Hügel in ihrem Schatten hatten die Farbe von Smaragden, die Felsumrisse der Berge standen da wie Wächter vor dem Tor zum Jenseits. Wieder verspürte er Heimweh nach dem Land, das er verlassen hatte. Da war eine Trauer in ihm. Doch sie war nicht mehr so unerträglich wie früher. Darüber zu sprechen hatte irgendetwas in ihm gelöst.

Sie kam und gesellte sich zu ihm, trank.

»Ein guter Tee«, sagte sie. »Deine Mutter hat es dir gut beigebracht.«

Es versetzte ihm immer noch einen Stich, wenn sie seine Mutter erwähnte. Sie bemerkte das, ließ es aber unkommentiert.

Sie aßen ihre Sandwiches schweigend, ohne dass es unangenehm war. Es war die Stille von Menschen, die sich gut genug kannten, um miteinander zu schweigen.

In der Ferne ertönte ein Donnergrollen.

»Anscheinend hat dich das Unwetter verfolgt«, sagte sie. »Geh besser jetzt auf deine Wanderung, falls du gehen willst. Lass die Tassen stehen, ich spüle sie.«

Er stand gehorsam auf.

»Warte«, rief sie ihn zurück. »Ich will dir etwas geben.«

Sie ging hinein und kam mit einer kleinen schwarzen Tragetasche heraus, die mit Bändern zugeschnürt war. »Das habe ich gefunden, als ich die Sachen für hier zusammengepackt habe. Ich dachte mir, du willst es vielleicht haben. Etwas zur Beschäftigung, wenn ich arbeite.«

Neugierig nahm er ihr die Tasche ab. Sie sah aus wie eine kleine Laptoptasche. Als er sie geöffnet hatte, entdeckte er eine flache Holzschachtel mit einer Reihe von Fächern darin. In ihnen waren verschiedene Dinge, die man zum Malen brauchte: kleine Tuben mit verschiedenen Farben, ein Set Pinsel, ein Wasserbehälter, eine kleine Palette. Es gab auch einen Block mit leeren Papierseiten und eine zusammengelegte Pflanzenpresse. Auf dem Block stand ein Name: TAYLOR. Das R am Ende lief in einem Schnörkel aus, aus dem ein Bild mit Vögeln entstand, die in die Luft abhoben. Echt gut.

»Deine Sonnenblume hat mir gefallen«, sagte sie. »Ich meine die, die du auf die Kiste gemalt hast, die ich dir abgekauft habe. Ich glaube, du könntest Talent haben.«

Er schloss die Holzschachtel wieder, steckte sie zurück in die Tragetasche und sah sie an.

»Danke«, erwiderte er.

Sie lächelte.

»Gern geschehen. Ich hoffe, es findet bei dir gute Verwendung. Nimm es bei deiner Wanderung mit, man kann nie wissen.«

»War er dein Sohn?«, fragte er. »Taylor?«

Sie zuckte zusammen, als wäre sie von einer Wespe gestochen worden.

»Woher kennst du seinen Namen? Hast du heimlich mein Manuskript gelesen?«

»Er steht auf dem Block. In der Malschachtel.«

»Oh.«

Kurz war sie still.

»Ja«, sagte sie. »Er war mein Sohn. Er ist es immer noch. Wird es immer sein. Mein Sohn.«

»Ist er derjenige, über den du geschrieben hast? Der Verlorene?«

Sie wandte den Kopf ab. »Du hast aufgepasst. Ja, das ist Taylor.«

»Was ist mit ihm passiert?«

»Er ist verschwunden.«

Er wartete auf den Rest der Geschichte. Doch das war es.

»Komm«, sagte sie, »mach dich auf den Weg. Du nimmst besser deine Regenjacke mit. Und hier hast du eine Taschenlampe, nur falls du wieder im Dunkeln festsitzt.«

Sie ging in die Hütte.

Er blieb noch eine Weile da und beobachtete das wechselnde Spiel der Wolken am Himmel. Dann ging er zu den mit Flechten überwachsenen Steinen neben den gelben Blumen, die im Wind schwankten. Er legte die geöffnete Malschachtel ins Gras, drehte die Verschlüsse der Tuben auf, quetschte Farbbatzen auf die kleine Palette und nahm sich den größten Pinsel. Er malte die aufgetürmten Wolkenmassen mit ihren graublauen Bäuchen über dem Tal und die weit entfernten Berge mitsamt den grünen Hügeln im Vordergrund, dann die hell angestrichenen Gebäude der Siedlung zu seiner Rechten: unerwartet wie die Wildblumen auf den Hängen. Seine Hand wurde nicht von seinem Geist gesteuert, er überließ sie sich selbst. Das Bild gelang ihm gut, besser, als er erwartet hatte.

Er nahm es mit in die Hütte, um es ihr zu zeigen. Er hatte angenommen, er würde sie beim Schreiben unterbrechen, aber sie saß untätig da. Der Laptop lag noch in der Tasche auf dem Tisch.

»Nicht schlecht für einen ersten Versuch«, sagte sie nach einem für sie typischen prüfenden Blick. »Deine Technik ist noch verbesserungsbedürftig, aber das kommt mit der Übung. Das Malen liegt dir mehr als die Recherchearbeit.«

Sie gab ihm das Bild zurück.

»Was ist mit ihm passiert? Mit deinem Sohn?«, fragte er zögerlich.

Sie gab keine Antwort.

»Ist er gestorben?«

»Nein«, erwiderte sie schnell. »Er ist immer noch am Leben. Ich weiß nur nicht, wo er ist.«

»Wurde er entführt?«

Er sah, dass ihr diese Fragen unangenehm waren. Doch er blieb so beharrlich, wie sie es bei ihm gewesen war.

»Das weiß niemand«, sagte sie irgendwann. »Er ist eines Tages zur Schule gegangen und einfach nicht zurückgekommen. Er war immer so still, dass niemand mehr sagen konnte, ob er im Schulbus gewesen war oder nicht. Aber er ist irgendwo da draußen. Eines Tages wird er den Weg nach Hause finden. Das weiß ich.«

Ihr Blick blieb auf das Fenster gerichtet.

»Für ihn schreibe ich das hier. Meinen letzten Willen und mein Testament. Damit er etwas über seine Mutter erfährt, wenn er zurückkommt, selbst wenn es nach meinem Tod ist.« Sie hielt kurz inne. »Du erinnerst mich an ihn«, ließ sie ihn dann wissen. »Du hast die gleiche Begabung, bist geschickt mit deinen Händen. Und er war still und schlau, genau wie du.«

Als sie zu ihm herübersah, standen ihr Tränen in den Augen.

»Geh wandern«, sagte sie. »Bring mir etwas Fröhliches mit.«

Er marschierte durch die Wildblumenwiese hinunter zu dem Stausee, der den Himmel auf seiner spiegelnden Oberfläche einfing. Die Gelassenheit des Wassers beruhigte ihn. Kleine Wellen breiteten sich wie Fischgräten von der Mitte her aus. Die Welt aus Wolken und Himmel spiegelte sich darin, als gäbe es keinen Unterschied. Diese Farbpalette war intensiver als die des Originals.

Er setzte sich auf einen Felsen am Rand des Wassers, öffnete das Farbenset und starrte den Namen auf dem Zeichenblock mit den auffliegenden Vögeln an. Taylor. Der Sohn, der auf geheimnisvolle Weise verschwunden war. Er verstand jetzt viel mehr. Die zwei Größen der zu kleinen Kleidungsstücke, die sie ihm überlassen hatte. Warum sie so wütend gewesen war, dass er die Schuhe verloren hatte, die sie ihm gegeben hatte. Ihre Überreaktion, als er nicht von der Wanderung im Gebirge zurückgekommen war. Warum sie ihn überhaupt aufgesammelt hatte. Sie hatte es selbst gesagt: Er erinnerte sie an ihn. An den Sohn, den sie nicht mehr hatte. Der fast in seinem Alter gewesen war, als er verschwand.

Er wollte den Stausee malen. Sein Pinsel sollte das tiefe Blau auffangen. Die Frösche, die sich mit ihren starken Hinterbeinen abstießen, um Mücken und andere Insekten zu fangen. Eine Ente, die tauchend nach Fischen und Kaulquappen suchte. Alle zugleich Jäger und Gejagte. Libellen mit samtschwarzen Flügeln, die zum Trinken weit hinunterflogen. Die Vögel des Waldes mit ihren durchdringenden wiederholten Rufen, die aus den schwingenden Ästen der Tannen am Rand des Wassers herüberschallten. Von alldem wurde nur er Zeuge. Doch er war zu unruhig, um lange sitzen zu bleiben.

Er schloss die Schachtel wieder und setzte seinen Weg um den Stausee herum fort. Dabei mied er den Wald, er blieb auf dem offeneren Weg, der erst über eine kleine Brücke aus Holzstämmen, dann außen um den Hang herum und zu einer seichten Furt durch den Fluss führte, bevor es wieder hinaufging.

Er wanderte zu den Felsen, auf denen er zum ersten Mal der Freude begegnet war, um sich dort hinzusetzen. Doch die Freude war an diesem Tag nicht da. Die Sonne war von dem Wolkenschlund verschlungen worden, die fernen Berge verschwammen im Dunst, all ihre Formen weggerubbelt wie Fingerabdrücke.

Kurz blieb er dort stehen und blickte aufs Tal hinunter, ohne es wirklich zu sehen. Es war sehr ruhig, von einer erwartungsvollen Spannung erfüllt. Nichts zu sehen von den Schwalben. Das hysterische Kreischen einiger Frankoline im Gras unterhalb von ihm klang wie von panischen Menschen.

Er ging durch das Drehkreuz zurück. Das Loch der Erdferkel sah verlassen aus, es war mit Spinnweben überzogen, in denen sich totes Gras angesammelt hatte. Der Wald war unruhig, als würde er den Sturm spüren. Die hohen Bäume zerrten an ihren Wurzeln wie schaukelnde Fischerboote bei einem aufziehenden Hurrikan. Einer Eingebung folgend, wandte er sich weiter in den Wald hinein. Sobald sich das Blätterdach über ihm schloss, fühlte er das Prickeln auf der Haut. Wieder saß ihm das vertraute Unbehagen im Nacken. Es war ein Test für ihn selbst. Er wollte sie loswerden, diese eingeprägte Angst.

Sein Herz machte einen Satz, als es in den Ästen über ihm plötzlich knackte und raschelte. Doch es waren nur einige Affen, die auf ihn hinuntersahen. Er blieb für ein paar Sekunden mit geschlossenen Augen stehen und lauschte mit seinem ganzen Körper, bis der Punkt zwischen seinen Schulterblättern Entwarnung gab. Diese Wachsamkeit war jetzt ein Teil von ihm, stellte er fest. Genau wie seine Fähigkeit, Freude zu empfinden, ein Teil von ihm war, das beobachtende Auge sowie die Hand, die die Schönheit festhalten konnte. Sie würde immer ein Teil von ihm bleiben, sein aufmerksamer Begleiter, der für seine Sicherheit sorgte. Das zu wissen verringerte die Angst.

Er ging weiter, folgte einem Weg durch das abgefallene und von Tieren genutzte Laub. Im Gegensatz zu den Wäldern, an denen sie auf ihrem Weg zur Hütte vorbeigekommen waren, hatte dieser Wald Leben in sich. Im feuchten Matsch waren die Abdrücke kleiner Hufe und Klauen sowie andere Spuren zu sehen. Die wunderschönen Spinnennetze erzitterten im grauen Licht, das durch die Wolken drang, Blätter und Blüten hingen darin fest wie auf einer Wäscheleine.

Der Wald verfinsterte sich, Wind brach darüber herein und fuhr kreischend zwischen die dünnen Stämme wie ein bösartiger Hund. Schwere, überraschend eisige Tropfen spritzten vom Himmel. Schnell kauerte er sich unter einen Baum und wartete darauf, dass die Sintflut über ihn hereinbrach. Doch sie wurde vom Wind abgewehrt, der die Wolkenmassen in eine andere Richtung blies. Am Himmel rumpelte und grollte es, ein paar Blitze flammten auf. Dann war es vorbei.

Schon schien wieder die Sonne, stand tapfer zwischen den Wolken. Zwischen den Baumwipfeln sah er einen riesigen Regenbogen, der sich wie ein ermutigendes Zeichen darüberspannte.

Er setzte seinen Weg fort, immer an der Baumgrenze entlang rund um den Hang. Dieser Waldstreifen, so wurde ihm bewusst, war ein Ausläufer des Waldes hinter der Hütte. Irgendwo musste der Weg, auf dem er sich befand, in den anderen münden. Er war hier matschiger, ständig verschattet von den Bäumen und unerreicht von der Sonne. Er kauerte sich hin, um die Abdrücke irgendwelcher kleinen Füße zu untersuchen. Dabei wünschte er sich, er könnte diese Sprache entziffern, die in den feuchten Boden eingeprägten Dramen der nächtlichen Welt verstehen. Es sah so aus, als wären schon eine

Weile keine menschlichen Füße mehr hier geschritten außer den seinen.

Ein Spurenpaar hob sich von den anderen ab: Fast wie Verbindungslinien zogen sich vier flache, messerscharfe Abdrücke hinter drei Einprägungen von spitzen Zehennägeln durch den weichen, feuchten Lehm. Sein Herz setzte aus, als er begriff, was er vor sich hatte. Er rief sich in Erinnerung, was Winter ihm an ihrem ersten Abend in der Hütte gezeigt hatte. Nur ein einziges Tier hinterließ solche Spuren.

Er sauste schneller über den Pfad, immer auf der Laubschicht, damit seine Fußabdrücke die Spuren im Lehm nicht überdeckten. Und dort war es: Ein neues Loch direkt neben dem Pfad, auf dem er sich befand. Das war ein sehr großes Loch, fachmännisch gegraben. Seine Aufregung wuchs, als er an einer verräterischen Aufhäufung orangefarbener Erde am Eingang erkannte, dass es erst kürzlich besetzt gewesen war. Wahrscheinlich waren sie genau in diesem Moment drinnen. Mutter und Kind. Er stellte sie sich vor, wie sie sich in ihrem Rückzugsort tief unter seinen Füßen im Schlaf aneinanderkuschelten. Schnell zog er sich zurück, sonst hätte sein Geruch den Platz verunreinigt.

Winter wartete auf ihn, als er zurückkam.

»Bist du nass geworden?«, fragte sie ihn.

Er schüttelte den Kopf.

»Du dampfst. Wir hatten hier einen Wolkenbruch. Komm rein und wärm dich auf. Ich koche Suppe fürs Abendbrot.«

Er konnte es riechen. Sein leerer Magen grummelte erwartungsvoll.

»Komm, setz dich«, sagte sie. »Das Essen ist gleich fertig.«

Sie räumte ihm einen Platz am Tisch frei, indem sie die Papiere zusammen mit dem Laptop, der noch in seiner Tasche steckte, darunter verstaute. Dann ging sie hinaus und schaute nach dem Topf mit der Suppe auf dem Gaskocher.

»Du hast heute nicht geschrieben«, bemerkte er, als sie zurückkam.

»Das stimmt«, erwiderte sie knapp. »Ich bin nicht in der richtigen Stimmung.«

Ungehalten ließ sie Schalen gegeneinanderklirren und stellte sie auf das ausklappbare Tablett.

»Ich bin bei dem Teil meiner Geschichte angekommen, den ich nicht schreiben will. Vielleicht höre ich da auf, wo ich bin.«

Er sah ihr zu, wie sie Brot in Scheiben schnitt.

»Wie war die Wanderung?«, fragte sie. »War es eine fröhliche?«

»Ich habe noch ein Loch gesehen«, erzählte er. »Für die Erdferkel.«

»Das sind gute Neuigkeiten. Sah es benutzt aus?«

Er nickte. »Ich habe die Spuren daneben gesehen.«

Sie legte die Brotscheiben mit auf das Tablett und gab es ihm.

»Lass uns draußen essen«, sagte sie. »Auf der Bank. Bring uns Decken.«

In dieser Dämmerstunde des letzten Lichtes war

es sehr schön auf der Bank. Libellen schossen zwischen den immer noch von den Bäumen platschenden Tropfen umher, und die Grillen stimmten langsam ihr sanftes Zirpen an. Er würde es niemals leid werden, hier zu sitzen und dieses Tal der Stürme anzuschauen.

Der Himmel hatte wieder sein Gewand gewechselt, die schweren Regenwolken waren von flockigen weißen Wölkchen ersetzt worden. Im Westen, wo die Sonne untergegangen war, spannte sich ein riesiger Vogelflügel mit Federn in brennendem Rosa und Orange. Hinter ihm hatte die Dämmerung die Ränder der Berge bereits violett gefärbt.

Winter gab ihm seine Schale mit duftender, dampfender Suppe und setzte sich hin, um ihre eigene zu essen. Er merkte, dass sie ihm beim Essen zusah.

Sobald er fertig war, stand sie auf und füllte ihm, ohne zu fragen, die Schale erneut. Schweigend wartete sie, bis er sie geleert und mit dem letzten Bissen Brot ausgewischt hatte.

»Bist du satt geworden?«, fragte sie.

Er nickte.

Sie stand wieder auf, um das benutzte Geschirr in der Abwaschschüssel zu stapeln.

»Du bist dran«, sagte sie. Er dachte, sie redete vom Abwasch.

»Beende die Geschichte, die du begonnen hast. Erzähl mir, wie ihr getrennt worden seid, deine Mutter und du. Dann werde ich aufhören zu fragen.«

Diesmal fiel es ihm leichter, mit dem Erzählen anzufangen. Die Geschichte in ihm hatte sich bereits gelöst. Oder vielleicht war es der Schmerz, von dem sie ihm berichtet hatte, der es leichter machte. Er wusste, dass sie verstand, wie sich so ein Verlust anfühlte.

Trotzdem kamen ihm die Worte nicht leicht über die Lippen. Doch er grub sie aus. Riss die Erinnerungen aus ihren Knochengehäusen, um sie freizulassen.

»Wir waren unterwegs«, begann er. »Ich und meine Mutter gemeinsam. Im Inneren des Waldes. Es war sehr schwer an diesem Tag. Wir gingen lange, ohne zu essen und zu trinken. Der Wald war an dieser Stelle nicht schön. Niedergebrannt wegen Holzkohle und Palmölplantagen. Es gab keine Bäume, die uns mit ihren Früchten ernähren konnten. Nichts zum Verstecken, falls es Unruhe geben würde. Nur Nebel, sehr dicker Nebel, wie es ihn im Regenwald gibt. Wir hatten Angst vor den Milizen. Viele davon an diesem Ort in der Nähe von da, wo die Grenze zu Ruanda ist. Viele verschiedene Gruppen, sich gegenseitig bekämpfend, uns bekämpfend. Einige aus dem Kongo, einige von außerhalb des Kongo. Wenn sie dich sehen, töten sie dich. Wenn sie dich nicht töten, fangen sie dich und nehmen dich mit, damit du mit ihnen kämpfst oder ihr Arbeitssklave wirst. Die Frauen vergewaltigen sie. Nehmen sie mit. Manchmal ist es besser zu sterben, als so zu leben ...«

Kapitel 14

Sie kamen aus dem Nirgendwo des Nebels, die grünen Tücher – ihr Erkennungszeichen – um den Kopf geschlungen. Offenbar gehörten sie zu der Gruppe, die als *Shake Shake* bekannt war, wegen der Angst, die sie verbreitete. Viele von ihnen Kindersoldaten, einige kleiner als die Waffen, die sie trugen. Munitionsketten wie Geschmeide um ihre Körper geschlungen, Macheten in den Gürteln. Brutaler als die Regierungstruppen, sogar brutaler als die Soldaten der Rebellen. Geraubte Kinder, die so jung zu Kämpfern gemacht wurden, dass sie sich an nichts anderes mehr erinnerten. Alles, was sie kannten, war die Brutalität des Krieges. Sie führten andere Jungen mit sich, ließen sie wie Gefangene neben sich marschieren, aneinandergefesselt und unbewaffnet. Neue Rekruten, mit Gewalt entführt.

Die Zeit reichte nicht, um zu fliehen. Es gab nichts, wo sie sich hätten verstecken können, um sie herum nur schwarz verkohlte Baumstümpfe.

»Schnell«, zischte seine Mutter, »duck dich. In das Loch hinein, schnell, schnell.«

Sie schob ihn auf ein Erdloch zwischen zwei Baumstümpfen in ihrer Nähe zu. Er war viel zu verängstigt, um sich zu sträuben.

Mit den Füßen voran rutschte er in die Öffnung. Seine Mutter hatte keine Zeit, ihm zu folgen. Sie sprang durch den Nebel davon, lenkte den Feind von ihm weg. Rufe verrieten ihm, dass sie gesehen worden war.

Der Boden erzitterte unter Stiefeltritten. Er hörte die hohen, rauen Stimmen der Soldaten, wie sie sich in einem unbekannten Dialekt Fragen zuriefen. Sie wollten wissen, wo die anderen waren. Keine anderen, vernahm er die Stimme seiner Mutter. Ich bin allein.

Sie glaubten ihr nicht. Sie hatten Spuren gesehen, viele Spuren im Wald. Von laufenden Füßen, Kinder- und Erwachsenenfüßen. Ich war nicht bei ihnen, sagte seine Mutter. Ich bin allein, auf dem Weg nach Kinshasa zu meinen Verwandten.

Etwas knallte. Seine Mutter ächzte. Dann ihre Schreie. Er kroch weiter in das abfallende Loch hinein, damit er sie nicht hören musste. Sie hörten nicht auf. Selbst als es im Wald wieder still war, konnte er sie noch hören.

Endlich spürte er die Vibrationen weglaufender Füße. Das Geräusch eines Kugelhagels hallte von den Baumstümpfen wider. Erneut Schreie, diesmal von Jungen. Wahrscheinlich hatte der eine oder andere von ihnen versucht zu fliehen.

Zu verängstigt, um sich zu bewegen, blieb er in dem Loch versteckt bis zum Einbruch der Nacht. Für den Fall, dass sie immer noch dort draußen waren und ihm auflauerten. Mehr als die Sorge um seine eigene Sicherheit hielt ihn dort aber die Angst vor dem fest, was er draußen vorfinden konnte. Nicht zu wissen, was aus seiner Mutter geworden war. Was ihr angetan worden war. Ob sie tot oder noch am Leben war, ob sie verletzt und zerbrochen auf dem Boden lag, während langsam das Leben aus ihr entwich.

Im Dunkeln kroch er heraus und tastete sich mit einem Stock in der Hand voran, auf der Suche nach einer zusammengesackten Gestalt, dabei rief er leise ihren Namen. Es lagen Leichen zwischen den Baumstümpfen verteilt, zum Verrotten liegen gelassen, wo sie hingefallen waren. Keine davon war weiblich.

Er blieb dort bis zum Tagesanbruch, suchte die Umgebung ab und folgte den Spuren der Stiefelabdrücke auf dem verkohlten Erdboden, bis er sie im Laub des Waldes, dort, wo noch Bäume wuchsen, verlor. Er rief nach ihr, bis er heiser war. Doch er wusste, dass sie nicht da war. Sie waren zurückgegangen über die Grenze, welche auch immer das war. Ihre verbliebenen Gefangenen hatten sie mitgezerrt.

Vom Rest seiner Wanderung wusste er nichts. Wie viele Tage vergingen, was er aß, wie er sich am Leben hielt. Er ging weiter, ließ seine Füße den Weg finden: Wohin wusste er nicht, und es kümmerte ihn auch nicht. Hauptsache fort von dem Ort, an dem seine Mutter Qualen erlitten hatte.

Das Glück hielt ihn am Leben. An den Tagen, an denen er kraftlos zusammengerollt im feuchten Matsch des Regenwaldes lag – ohne den Willen, sich zu bewegen oder zu atmen –, kümmerte sich der Wald um ihn. Affen warfen Früchte für ihn herunter. Mangusten gruben Engerlinge für ihn aus. Genießbare Pilze sprossen unter seinen Füßen. Auf wundersame Weise fand er Maniokwurzeln oder einen Baum mit Kochbananen.

Irgendwie bahnte er sich seinen Weg durch den pfadlosen Dschungel, überquerte immer wieder die Fluchtwege anderer, übersät mit deren Leichen. Der Wald in dieser Region war ein einziger Friedhof, der Gestank des Todes wehte mit dem Wind darüber hin. An manchen Stellen gab es mehr Leichen als Bäume. In jeder denkbaren unwürdigen Haltung lagen sie da: erschossen, totgehackt, von wilden Tieren zerfleischt, ausgezehrt von Krankheiten und Hunger.

Sein Glück blieb ihm treu, gute Winde nahmen ihn mit, trugen ihn weiter und setzten ihn erst dort wieder ab, wo er Hilfe finden konnte. Freundlichkeit und Mitleid begegneten ihm dann, wenn er sie am nötigsten hatte. Er war unfähig, irgendeine Richtung bewusst einzuschlagen. Er ritt nur einfach auf den Wellen des Glücks, ließ sich von ihnen treiben, wohin sie wollten, und kümmerte sich nicht darum, ob er überleben würde oder nicht.

Wie er gingen viele andere zu den großen Städten im Westen und Süden. Sie hofften, dort auf einem Laster oder in einem Bus eine Mitfahrgelegenheit in ein anderes, sicheres Land zu finden. Je weiter er von zu Hause fortkam, und je mehr er sich der Hauptstadt Kinshasa näherte, desto unwirklicher kamen ihm seine Erlebnisse im Wald vor. Hier zeugte wenig von der Verheerung, vor der er davongelaufen war. Nur eine fürchterliche Armut war den ausgehungerten Menschen anzusehen, den unbefestigten Straßen und den verdreckten, heruntergekommenen Gebäuden. Viele Menschen hier wussten nichts von den Konflikten, die die Provinzen der Kivu und Ituri ausbluteten. Der Feind, vor dem sie flohen, hieß nicht Völkermord, sondern wirtschaftliches Elend.

Eine Gruppe Wanderarbeiter aus Kinshasa nahm ihn ein Stück mit. Auch sie waren auf dem Weg nach Süden. Sie hofften, ihr Glück in Südafrika zu finden, dem fernen Land, von dem sie gehört hatten.

Danach sammelte ein Konvoi Hilfsarbeiter ihn auf und nahm ihn bis zur angolanischen Grenze mit. Er hatte keine Papiere, um sie zu überqueren. Doch die Flüchtlinge unterwegs erzählten sich von Übergängen in den Wäldern – so zahlreich, dass die Polizei sie nicht kontrollieren konnte. Wie bei einem Fischerboot, in das nach einem Schusswechsel durch viele Löcher Wasser dringt.

Nach einigen weiteren Wochen, in denen er, gemeinsam mit jenen, die ihn mitnahmen, durch dicht beieinanderliegende afrikanische Länder irrte, spülte ihn eine letzte Welle des Glücks an den Strand seines Ziels. Auf einem kongolesischen Lastwagen, der Rohstoffe und Handwerkserzeugnisse ins Land brachte, überquerte er endlich die Grenze von Südafrika.

Der Onkel, den er nie gesehen hatte, würde ihn vor dem Schicksal anderer unbegleiteter Minderjähriger bewahren. Er gehörte nicht zu den entwurzelten Waisen, den Tausenden von Kriegskindern, von denen niemand wusste, was mit ihnen geschehen sollte, und die deshalb vom einen zum anderen weitergereicht wurden. Er war ein Paket mit einem Bestimmungsort, einem glücklichen Onkel, der sich bereits ein geregeltes Leben in Südafrika aufgebaut hatte und der darauf wartete, ihn bei sich aufzunehmen. Bei dieser Familienzusammenführung wollten seine Reisekameraden gerne behilflich sein. Sie wollten, dass seine Geschichte ein glückliches Ende fand, damit das Glück auf sie selbst abfärben konnte.

Viele Tausend Kilometer südlich des Kongo kamen sie schließlich zu der großen Stadt am Meer, von der seine Mutter gesprochen hatte. Seine Weggefährten halfen ihm, das Hotel namens Salamander ausfindig zu machen. Es war ein sehr großes Gebäude mit Marmorsäulen und einem Brunnen, in den fliegende Enten gemeißelt waren. Oben auf den vergoldeten Stufen winkte er seinen Freunden zum Abschied. Sie fuhren davon und nahmen sein Glück mit.

Nach der Stille des Waldes und der Wüsten, durch die er gewandert war, verblüfften ihn der dichte Verkehr und die riesige Ausdehnung der Stadt. Auf dem langen, einsamen Weg hatte sich seine Stimme zurückgezogen. Das Englisch um ihn herum klang wie eine Sprache von einem fernen Stern.

In dem Hotel wusste niemand von seinem Onkel. Sie sagten, es gäbe niemanden aus dem Kongo, der hier arbeitete.

Und so endete er allein auf den von Bedürftigkeit vollen Straßen der großen Stadt namens Durban. Am Anfang war es sehr hart. Er kannte die Gesetze der Straße noch nicht, wusste nicht, dass sie in Wirklichkeit statt mit dem versprochenen Gold – Überfluss und guten Jobs – mit Abfall und menschlichem Elend gepflastert war. Das einzige Gold blitzte in den Zähnen der *Tsotsi*-Gangsterbosse, die Neulingen wie ihm das Leben schwer machten.

Mittellose afrikanische Fremde wurden auf diesen Straßen nicht geduldet. Er war hier absolut allein und ohne die Unterstützung einer Gruppe ein leichtes Opfer. Auf das es jeder abgesehen hatte.

»Hey, *makwere*, das ist unser Platz. Du musst *hamba*. Wir wollen dich hier nicht.«

Sie nahmen ihm seine Schuhe weg, das Essen aus seinen Händen, die paar Münzen, die er am Strand verdient hatte, indem er auf die Sachen von Surfern und Schwimmern aufgepasst hatte. Es brachte nichts, sich zu wehren. Mehr als einmal umklammerte seine Hand das Messer, doch er war immer allein gegen viele. Das Medaillon seiner Mutter und das Messer seines Vaters waren die einzigen Dinge, an denen er sich festhielt. Er bewahrte sie in der versteckten Falte, die ihm seine Mutter ins Hosenbein genäht hatte.

Schlafplätze fanden Neuankömmlinge am Strand. In der touristischen Atmosphäre der sorglosen Umgebung von Sand und Meer boten sich immer wieder Chancen. Die ersten paar Wochen blieb er, wo er war, verharrte in Sichtweite zum Salamander, als wäre er daran festgekettet. Er hoffte, dass seine Mutter ihren Entführern irgendwie entkommen war und sie zu ihrem Treffpunkt kommen würde. Ohnehin hatte er keinen anderen Ort in dieser Stadt der Fremden, an den er hätte gehen können, keinerlei Orientierungspunkte.

Er vermisste die ruhige, ermutigende Anwesenheit seiner Mutter ganz fürchterlich. Ohne sie war es einsam auf eine Art, die er noch nie erlebt hatte. Zu überleben war viel schwieriger ohne ihren Einfallsreichtum. Er hatte nicht ihren Charme, ihren Scharfsinn. Oder ihren Mut.

Eine Gruppe Straßenhändlerinnen hatte Mitleid mit ihm. Sie kamen aus ländlichen, armen Gegenden, um ihre aus Perlenschnüren geknüpften Schuhe, Kettchen und anderen Gegenstände an Touristen zu verkaufen. Nachts schliefen sie auf dem Straßenpflaster und bewachten ihre Waren. Sie teilten ihr Essen mit ihm, erlaubten ihm, bei ihnen in der Sicherheit vieler zu schlafen. Sie sprachen nur wenig Englisch und gar kein Französisch, er wiederum kannte kein Wort ihrer lokalen Zulu-Sprache. Irgendwie verstanden sie sich dennoch. Er dankte ihnen ihre Freundlichkeit, indem er ihnen jeden denkbaren kleinen Gefallen tat. Er füllte ihre Wasserkanister an den Hähnen am Strand, half ihnen mit dem endlosen Perlenauffädeln für die Halsketten und anderen Dinge, die sie verkauften, machte sogar ein paar selbst. Ihnen gefiel, was seine Hände erschufen, aber sie verdienten zu wenig, um ihm irgendetwas zu zahlen.

Du musst von hier weg, sagten sie zu ihm. Es ist ein gefährlicher Ort für einen Jungen allein. Die *skebengas*, sie mögen kämpfen mit *amakwerekwere*. Wenn du bleibst hier nur einer, leicht für sie dich umbringen. Du musst nach einem anderen Ort suchen, wo die reichen Leute sind.

Er wusste nicht, wo ein solcher Ort sein könnte.

Eines Tages kam er mit einigen der kongolesischen Flüchtlinge ins Gespräch, die vor dem Hotel für geringes Geld als Parkplatzwächter arbeiteten. Über sie lernte er andere kennen, die in die westlichen Vororte wollten, um dort ihre Waren anzubieten. Eine Zeit lang gehörte er zu dieser brüderlichen Gemeinschaft von Landsleuten, und die vertrauten Klänge von Französisch und Lingala ertönten in seinen Ohren. Ihre Gesellschaft tröstete ihn, er fühlte sich weniger verloren und einsam. Er fühlte sich sicher.

So lernte er zum ersten Mal die grünen Vororte kennen, die sich so stark von dem ihm inzwischen vertrauten Zentrum der Großstadt unterschieden. Die Härte des Lebens war in diesem privilegierten Hillcrest mit seinen luxuriösen Einkaufszentren und den großen Häusern mit Gärten wie abgemildert.

Seine neuen Freunde verdienten sich ihren Lebensunterhalt durch Handarbeit. Sie füllten die Verkehrsinseln in der Mitte der Old Main Road mit den bunten Perlenvögeln und -tieren und den Holzschnitzereien, die sie so geschickt anzufertigen verstanden. Er half ihnen dabei, ihre Waren zwischen den Fahrstreifen feilzubieten. Dabei beobachtete er ihren fröhlichen Umgang mit den Fahrern, wenn sie versuchten einen Handel abzuschließen. Sie brachten ihm die Arbeit mit Draht bei, zeigten ihm, wie er ihn zu Waldvögeln und Tiergestalten des neuen Landes biegen konnte. Genau wie es die Zulu-Frauen getan hatten, gingen sie großzügig mit ihm um, machten ihn zu einem Teil ihrer Familie und teilten ihr Essen mit ihm. Doch wenn sie abends nach Hause gingen, blieb er auf der Straße zurück. In der Unterkunft, die sie sich teilten – sie waren zu fünft eingepfercht in einem Hinterzimmer in Pinetown am Fuß des Hügels –, war kein Platz für ihn. Jeden Tag kamen sie mit einem Taxi zurück nach Hillcrest, um ihren Handel auf der Straße wiederaufzunehmen. Doch als er eines Tages aufwachte, waren sie verschwunden. Am Vorabend war eine heftige Auseinandersetzung über Parkplätze zum Bewachen zwischen Kongolesen und Einheimischen eskaliert. Das passierte bei solch hitzigen Gefechten häufig. Einer der Kongolesen hatte einen Einheimischen erstochen. Die Übrigen hatten, um ihr Leben zu schützen, aus der Gegend fortlaufen müssen, bis sich die Dinge wieder beruhigten. Die Erinnerung an die ausländerfeindlichen Gewaltausbrüche vor ein paar Jahren war bei allen noch frisch. Damals hatten Einheimische gegen die ungewollten »Fremden« randaliert, hatten getötet, vergewaltigt und geplündert. Allen war bewusst, dass dieser Konflikt unter der Oberfläche immer noch schwelte und jederzeit wieder aufflammen konnte.

Nachdem sie weggegangen waren, wurde das Leben für Emanuel viel härter. Wieder blieb er verwaist auf der Straße zurück. Ohne die fröhliche Gesellschaft seiner Freunde war er der Stille in seinem Kopf ausgeliefert. Die Verkehrsinseln sahen ohne die lebensecht anmutenden Perlenvögel und -tiere nackt und traurig aus. Keine von den geschickten Fingern der Kongolesen gefertigten majestätischen schwarz-weißen Sekretäre und orangefarbenen Wiedehopfe mehr, keine Rhinozerosse mit ihren weißen Hörnern und Löwen mit ihren Zottelmähnen aus goldenen Perlen.

»Und deine Mutter? Hast du nie herausgefunden, was mit ihr geschehen ist?«, fragte Winter, als er schließlich aufhörte zu erzählen.

Er schüttelte den Kopf.

»Sie ist tot«, sagte er matt. »Sie hat nicht überlebt.«

»Das weißt du nicht. Sie könnte noch am Leben sein.«

Er schwieg. Die Vorstellung, seine Mutter könnte noch leben, war zu schmerzhaft.

»Du musst es herausfinden«, beharrte sie. »Nicht zu wissen, ob oder ob nicht, ist sehr schwer. Das Schwerste überhaupt. Es hält dich davon ab weiterzukommen. Du wirst immer nur trauern und grübeln, in der einen Minute voller Hoffnung, in der anderen voller Kummer und Verzweiflung.«

Er wusste, dass sie ebenso von sich sprach wie von ihm.

»Falls sie noch am Leben ist, wird sie dich eines Tages finden. Wunder geschehen. Eine Mutter gibt die Hoffnung nie auf«, sagte sie heftig, »nie.«

Er konnte nicht antworten. Er hatte einen Kloß im Hals von der Größe eines Fußballs. »Schreib mir ihren vollen Namen auf und das Dorf, aus dem sie stammt. Und auch den Namen deines Vaters. Es gibt Flüchtlingsorganisationen, die uns vielleicht helfen können. Ich werde ein paar Nachforschungen anstellen.«

Er nickte. Doch er wusste, dass es unmöglich war.

Sie hatte keine Ahnung, wie es auf diesem abgelegenen, chaotischen Schlachtfeld gewesen war, abgetrennt vom Rest der Welt durch den riesigen Regenwald. Niemand wusste irgendetwas über irgendjemanden. Nicht einmal die eigene Familie.

»Und dein Onkel? Der hier? Wie heißt er? Vielleicht ist er wegen eines anderen Jobs weggezogen. Es könnte möglich sein, ihn über die Hotels zu finden.«

»Elombe«, sagte er. »Er heißt Elombe Kabeya.«

»Mann des Mutes«, sagte sie.

Er sah sie verwundert an.

»Das bedeutet Elombe doch, oder? Mut?«

Ungläubig nickte er. »Woher weißt du das?«

Sie lächelte ihr schiefes Lächeln.

»Ich interessiere mich für Namen.«

Kapitel 15

Er schlief, in eine Decke eingewickelt, draußen auf der Veranda. Der harte Boden gefiel seinem Körper besser als die übertrieben hübschen Polster und die nachgiebige Matratze. Sein Geist brauchte die Weite des Himmels über ihm. In ihm war so vieles vertrieben worden, so vieles war im Fluss. Sein Inneres fühlte sich an wie eine Wunde.

Er lag die ganze Nacht wach, sah zu, wie die Sterne ihre Positionen änderten und die Mondsichel langsam unterging. Sie hatte die Form einer Klaue von einem Erdferkel. Daneben funkelte ein heller Stern. Der Pfadfinder, der den Erdferkelmond über den Himmel leitet, dachte er. Das ließ ihn an seine Mutter denken. Er fragte sich, ob sie es ebenfalls sehen konnte, wo auch immer sie war, auf der Erde oder im Himmel.

Wollte er, dass sie lebte? Zum ersten Mal erlaubte er es sich, diese Frage zu stellen. Es gab Schlimmeres als den Tod. In die Kriegsarmee gezwungen zu werden war so ein Schicksal. Oder als Sexsklavin der Brutalität der Soldaten ausgesetzt zu sein. Was auch immer ihr zugestoßen war, er wünschte sich, dass sie nicht allzu lang gelitten hatte.

Zu schlafen war unmöglich. Sogar still zu liegen

war eine zu große Qual für seine zuckenden Beine. Die Nacht war mit der gleichen Unruhe erfüllt. Das unablässige Gejammer der Grillen, das Geflatter der Fledermäuse. Er konnte dem Drang, draußen zu sein, nicht widerstehen.

Leise stand er auf und ging in der Dunkelheit des Waldes auf dem neuen Pfad, den er gefunden hatte, um den Hang herum. Seine Füße schritten zielsicher aus, fanden ihren Weg, als könnten sie selbst sehen. Die Taschenlampe steckte noch in der Tasche seiner Regenjacke, doch er brauchte sie nicht. Seine Augen waren dunklere Nächte gewohnt.

All das war beruhigend: wie das Laub beim Auftreten seiner Füße raschelte, wie sich die Äste verschlafen um ihn herum streckten und wiegten. Hin und wieder blitzten zwischen den Baumstämmen kurz Augen erschrocken auf. Sein Schatten verschmolz mit dem der anderen. Er verstand es genau wie alle Nachtgeschöpfe, sich geräuschlos und nahezu unsichtbar zu bewegen.

Dann erreichte er die Stelle, an der das neu gegrabene Loch war, seine Füße erkannten die kalte, weiche, frische Erde, die daneben aufgehäuft war. Das wunderschöne Loch, das zu den Tunneln tief unten im geheimen Inneren der Erde führte. Bis zu diesem Zeitpunkt hatte er nicht gewusst, dass er hierher unterwegs gewesen war. Er blieb stehen und lauschte, fühlte, schnupperte, um ihre Gegenwart zu spüren, irgendein Zeichen dafür zu entdecken, dass sie in der Nähe waren. Vorsichtig zog er die Taschenlampe hervor, schirmte den Lichtstrahl mit der Hand ab und suchte im weichen Boden nach frischen Spuren. Doch falls es welche gab, so waren sie zu undeutlich, als dass er sie entdeckt hätte.

Obwohl er wusste, wie sinnlos es war, blieb er dort, denn er war unfähig, sich zu rühren, gebannt von seinem irrationalen Verlangen danach, diese Kreaturen zu sehen. Die Mutter und ihr Junges, wie sie gemeinsam sicher durch den Wald gingen, der ihre Heimat war.

Die Nacht war jetzt am dunkelsten. Nicht mehr lange und es würde dämmern. Irgendwann könnten sie zurückkommen, zu diesem neu ausgehobenen Loch, in dem Glauben, sie wären geschützt vor Entdeckung. Wenn er Glück hatte, konnte er sie vielleicht sehen.

Er musterte die Bäume in der Nähe und entdeckte einen mit einem lang herunterhängenden Ast. Gekonnt schwang er sich hoch, hockte sich zwischen die Zweige des Baumes auf eine Astgabel und schob sich zentimeterweise den Ast entlang. Dann verharrte er dort, bewegungs- und lautlos an die Gliedmaßen des Baumes gepresst, verschmolzen mit der Haut des Waldes wie eine seiner Kreaturen.

Unmittelbar vor dem Einsetzen der Morgendämmerung, als das Hellerwerden des Himmels gerade erst sichtbar wurde, erwachte er aus seinem Dämmerzustand. Durch die Blätter um ihn herum fuhr eine leichte Morgenbrise und ließ sie rascheln. Unter seinem Ast zeichneten sich unscharf die Umrisse eines reglosen Schattens ab. Als sie zu seinem Baum hochblickte, sah er das Glänzen ihrer Augen.

Sie wusste, dass er da war. Sein menschlicher Geruch hatte ihn verraten. Doch sie lief nicht davon.

Er hatte die Taschenlampe schon in der Hand. Sein Finger zuckte beim Wunsch, sie anzuschalten. Doch er tat es nicht. Keiner von ihnen bewegte sich, sie waren gefangen im gleichen Bann des Wartens.

Er konnte sie jetzt deutlicher sehen. Die röhrenförmige Schnauze und die langen, wachsamen Ohren, ihren kompakten Körper mit seinem dicken, stämmigen Schwanz und den langen Klauen. Sie war hübscher, als er gedacht hatte, ihr Gesicht war weich wie das eines Rehs.

Angespannt wartete er darauf, dass sich ihr Junges zeigte. Aber sie blieb allein.

Kapitel 16

Wieder zurückzukommen war dieses Mal viel schwerer. Es fühlte sich an, als wären sie monatelang fort gewesen. Das Durcheinander der Großstadt schlug ihm brutal entgegen. Die Hast und das Gedränge auf den Straßen, die verpestete Luft und der gelblich blasse Himmel. Sogar die Grünstreifen waren mit einem Schmutzfilm überzogen.

Winter ließ ihn an der Ampel neben seinem alten Platz aussteigen. Er konnte sich nicht dort hinsetzen, er war ungepflegt – von Müll und Zigarettenkippen entweiht. Die Kisten waren zu Feuerholz zerlegt worden.

»Wirst du zurechtkommen?«, fragte sie zweifelnd. »Hier, nimm etwas zu essen mit.« Sie gab ihm ein Päckchen mit Resten von ihrem Ausflug. »Hast du dein Malset?«

Er nickte.

Sie schien ihn an diesem Tag nicht allein zurücklassen zu wollen.

»Lass mich dir meine Nummer geben. Nur für den Fall, dass irgendetwas ist.« Sie kritzelte sie auf eine Tankquittung. »Ach, du hast ja kein Telefon. Gut, ich wohne nur ein paar Blocks von hier entfernt. An der Ecke hinter der BP-Tankstelle. Hausnummer 57. Klopf an die Tür, wenn du mich brauchst.«

Er nickte erneut.

»Gut, wir sehen uns bald. Pass auf dich auf, Emanuel.«

Er schloss die Tür. Dann öffnete er sie wieder.

»Danke dir, Winter Fire«, sagte er.

Ein kleines Lächeln zerknitterte ihr Gesicht.

»Gern geschehen.«

Das Licht der Ampel sprang auf Grün, und sie fuhr davon.

Er stand starr da, sah dem roten Heck des Wagens nach, bis es im Verkehr verschwunden war, und fühlte sich so verloren und verlassen wie an dem Tag, an dem er in Hillcrest angekommen war.

Die Straße schien nicht mehr sein Zuhause zu sein, sondern ein Ort, den er vor langer Zeit verlassen hatte und an dem niemand zurückgeblieben war, der merken würde, dass er wieder da war.

Er machte sich daran, seinen Platz zu säubern, doch er war nicht bei der Sache. Der Platz kam ihm nicht mehr wie seiner vor, er war vom Urin anderer markiert. Er dachte darüber nach, woanders hinzuziehen. Aber er wollte dort bleiben, wo der rote Wagen ihn finden konnte.

Zum ersten Mal setzte er sich hin und tat nichts, wusste nichts mit sich anzufangen. Er aß das, was sie ihm dagelassen hatte, restlos auf. Dann starrte er den Autos hinterher. Tag für Tag dieselben Fahrzeuge. Diese in sich geschlossene Welt nutzte die gleichen Straßen wie die andere Welt, die auf der

Straße lebte, aber beide vermischten sich nie. Die Kluft zwischen ihnen schien unüberbrückbar. Er gehörte zu keiner davon.

Es war gleichgültig, dass er nicht mehr die Nerven für seine Überlebenstricks hatte. Für das Erbetteln von Gelegenheitsarbeiten, die sich nicht von selbst anboten. Für den alltäglichen Kampf um Sicherheit und gegen den Hunger. Die andere Welt hatte keinen Platz für ihn. Nur wer darin geboren wurde, erhielt eine Aufenthaltsgenehmigung.

Er probierte seine neue Begabung, das Malen, aus. Rettete erneut eine Kiste vor der Müllhalde, entschied sich für die Szene, die er im Tal auf dem Zeichenblatt festgehalten hatte. Ein Auto hielt und kaufte sie. Davon ermutigt, gestaltete er noch ein paar weitere Kisten. Er malte die Ameisenbärenhütte mit ihrem roten Dach und den gelben Blumen an der Ecke der Terrasse. Das smaragdgrüne Tal nach dem Regenguss mit den Flecken aus Sonnenlicht auf den Hügeln und den bunten Häusern der Hangsiedlung. Den geheimnisvollen Waldpfad, wo das Erdferkel in seinem Loch wartete, den orangefarbenen Erdhaufen, den Schatten, aus dem eine wachsame Schnauze hervorlugte. Und die hervorspringenden Felsen über dem Tal mit den fröhlich in der Luft kreisenden Schwalben, auf deren blauen Rücken das silberne Sonnenlicht glitzerte.

Indem er diese Szenen aus dem Tal in Bildern heraufbeschwor, vermisste er es weniger.

Die Autofahrer erzählten sich untereinander von dem begabten Kistenkünstler. Plötzlich wurde sein

Platz bekannt. Festzustellen, dass seine Arbeit für andere einen Wert hatte, zu wissen, dass er durch die Erträge täglich etwas zu essen hatte, war ein gutes Gefühl.

Er versuchte sich auch an Porträts, als Modelle dienten ihm die Menschen auf der Straße. Doch er fand die Gesichter, die er malte, zu traurig. Sein Pinsel griff ihre Verhärmtheit auf, das Elend und die Vernachlässigung, die ihnen eigen waren. Er konnte nur die Gesichter von Männern malen. Wenn er versuchte, Frauen zu porträtieren, verwandelten sie sich alle in dieselbe Person: eine Frau mit dem Gesicht seiner Mutter, dünn wie eine Schlange und mit verfluchten Augen.

Der rote Wagen blieb fern. Emanuel sah sich immer nach ihm um, wenn er auf der Straße seinen Geschäften nachging. Aber er war nirgends zu sehen. Vielleicht hatte Winter nach allem genug von ihm. Oder vielleicht war sie zu sehr mit ihren eigenen Problemen beschäftigt.

Es verging eine Woche. Eine zweite. Eine dritte. Ihm gingen Papier und Farbe aus. Er suchte Nachschub. Aber die Materialien kosteten mehr, als er besaß.

Er wartete darauf, dass sie vorbeikam, hoffte, er könnte sie um ein Darlehen für Farbe bitten. Doch sie hatte ihm anscheinend den Rücken gekehrt, hatte ihn verlassen – genau wie alle anderen. Die Gründe spielten keine Rolle.

Er saß da und beobachtete, wie die Autos vorfuhren, die unbemalten Kisten sahen und wieder verschwanden. Nichts davon spielte eine Rolle. Eine große Antriebslosigkeit hatte ihn erfasst. Der Besuch in den unterirdischen Bereichen seines Selbst hatte aufgeweckt, was hätte weiterschlafen sollen. Er fühlte sich wie die Schatten der Ahnen: gefangen zwischen den Welten, unfähig vor- oder zurückzugehen. Zu leben schien allein schon zu viel Mühe zu machen.

Als er eines Tages wieder einmal von der ergebnislosen Suche nach Glück und Geld zurückkehrte, sah er den auffällig angezogenen Typen an seinem Platz. Es war der handtaschenklauende Tsotsi-Junge, der seinen Platz schon einmal übernommen hatte, jetzt ein gut genährter Feind. Er sah aus, als hätte er es sich in der Zwischenzeit gut gehen lassen. Alles an ihm machte das deutlich – von den teuren Klamotten angefangen, über den trendigen Haarschnitt bis zu dem auf die rasierten Seiten tätowierten Gangstersymbol. Sein goldenes Smartphone passte zu dem goldenen Vorderzahn in seinem Mund. An seinem kleinen Finger wuchs ein langer Fingernagel, der sich bog wie die Klaue eines Nagetiers. Einer, der seine eigene Großmutter umbringen würde, ohne mit der Wimper zu zucken.

Er hatte sich das Paket mit Emanuels Malsachen von einem der Akazienäste heruntergeholt und die Malschachtel geöffnet. Jetzt wühlte er sich durch die verschiedenen Fächer, warf Pinsel und leere Farbtuben heraus und zog mit seiner Rattenklaue einen Kratzer über das Cover des Malblocks mit

Taylors künstlerischem Namenszug. Dann riss er ein Zeichenblatt heraus und verwendete es, um sich ein *white boat* zu drehen, die süchtig machende Mischung aus Marihuana und Opiaten, die die Einheimischen *nyaope* nannten.

Emanuel spürte, wie sein Blut zu kochen begann. Diesmal spazierte er nicht vorbei. Er ging hin und setzte sich neben dem Eindringling auf eine Kiste.

»Bonjour, Freund. Das ist meine Kiste, auf der du da sitzt. Und das sind meine Sachen, die du kaputtmachst.«

Der andere erwiderte nichts. Seine Zunge – lang wie die einer Eidechse – schleckte das Papier ab, damit der Joint durch die klebrige Spucke zusammenhielt. Sein dreister Blick haftete sich derweil unablässig auf Emanuel und verwandelte die schleckende Zunge so in etwas Unanständiges. Er zündete sich den Joint an, inhalierte, ohne zu blinzeln, und blies ihm die Rauchwolke ins Gesicht.

Erstaunlich ruhig, blieb Emanuel sitzen, in ihm schwoll irgendetwas an, dass er nicht benennen konnte. Es war keine Angst. Es war nicht einmal Wut. Es war mehr eine Art von Resignation. Ein Anerkennen der Unvermeidlichkeit. Er ergab sich dem, was immer schon auf ihn gewartet hatte.

»Warum sitzt du hier an meinem Platz? Hast du einen so armseligen Hintern, dass du sonst nirgendwo mit ihm hinkannst?«, fragte er.

Der andere zog eine Sonnenbrille aus der Tasche, setzte sie auf und sah ihn von oben bis unten an.

»Mir gefällt nicht, wie du redest, *makwere*. Zu welchem hässlichen Volk gehörst du? Wo kommst du her?«

»Nicht von da, wo du herkommst, *caca boudin*.«

»Das kann ich sehen. Du sprichst wie einer von diesen Kakerlakenleuten, die unser Land heimsuchen. Du musst mir Geld geben, damit ich dich lebendig hierlasse.«

»Wenn ich Geld hätte, würde ich nicht an diesem toten Fleck sitzen, *n'est pas, caca boudin?*«

»Wie hast du mich genannt?«

»Das bedeutet: mein Bruder.« Die echte Bedeutung war »Kackwurst«.

»Ich bin nicht dein Bruder, *makwere*. Ich bin dein Lehrer. Es ist nicht schwierig, Geld zu verdienen. Ich werde dir zeigen, wie.«

Er zog seine Brieftasche aus der Jacke und entnahm ihr ein kleines Päckchen mit weißen Kristallen.

»Das hier drin sind nette Süßigkeiten. Geh und verkauf sie für mich. Der Preis ist tausend Rand. Sei in einer halben Stunde zurück. Wenn du nicht kommst, schicke ich die Kakerlakenvernichter aus, um dich zu suchen.«

»Danke, du *enculeur de mouches*«, sagte Emanuel. »Ich mache, was du gesagt hast.«

Es verschaffte ihm Genugtuung, Schimpfwörter zu verwenden, die der andere nicht verstand. Dieses war die schlimmste Beleidigung, die er kannte. Er hatte sie von seinen kongolesischen Straßenbrüdern gelernt, sie bedeutete »Fliegenficker«.

Er nahm sich das Päckchen. Öffnete vorsichtig den Verschluss. Roch daran. Probierte. Stand auf und ging zu dem Mülleimer an der Straße. Kippte den Inhalt des Päckchens hinein.

Der andere starrte ihn entsetzt an.

»Dafür wirst du sterben, dummer *makwere*«, stieß er hervor.

Er stand langsam auf, eine Klinge tauchte plötzlich aus dem Nichts in seiner Hand auf. Emanuels Messer war bereit. Sie sprangen aufeinander zu, ihre beiden Klingen trafen gleichzeitig ihr Ziel. Emanuel spürte den stechenden Schmerz in der Schulter kaum. Er zielte auf die Brust und traf genau. Das Messer sank viel leichter hinein als bei seinen Übungen an Baumstämmen, stieß nur auf Widerstand, wenn es gegen einen Knochen prallte.

Emanuel stand da wie in einem Traum und beobachtete, wie sein Gegner sich hustend und würgend nach vorne beugte, wie ihm die Knie nachgaben und er zu Boden fiel, während ihm seine Geldbörse aus der Hand rutschte und sein fancy T-Shirt von Blut durchtränkt wurde. Immer noch unnatürlich ruhig, hob Emanuel die Börse auf, ging davon und mischte sich unter die Leute auf der Straße, ohne zu rennen und ohne sich umzudrehen. Wie schlimm er seinen Gegner verwundet hatte, wusste er nicht. Er wandte nicht den Kopf, um es zu sehen. Es war ihm gleichgültig, ob sein Feind lebte oder tot war.

Hinter ihm ertönten keine Schreie. Keine Schritte von Leuten, die ihn aufhalten wollten. Die Sonne schien immer noch. Der Verkehr floss. Die Lichter der Ampel sprangen um, dann sprangen sie wieder um. Niemand schien gesehen zu haben, was passiert war. Es war, als wäre es überhaupt nicht passiert.

Die Geldbörse war noch in seiner Hand. Er öffnete sie und sah orangefarbene Zweihundertrandscheine mit Leoparden darauf – dicke Bündel Banknoten, wie sie in einem Geldautomaten steckten.

Er hatte ein sehr seltsames Gefühl. Sein Körper zitterte, seine Beine schienen unfähig, ihn zu tragen, und schwankten, als wäre er betrunken. Er fürchtete sich davor, Aufmerksamkeit zu erregen.

Um das Blut von seinem Messer abzuwaschen, ging er zu dem Wasserhahn am Parkplatz. Es war das erste Mal, dass das Messer seines Vaters Blut geschmeckt hatte, und er genoss das Gefühl nicht so, wie er gedacht hatte, dass er es genießen würde.

Er lief weiter, wohin, wusste er nicht, er wusste nur, dass er fortmusste von diesem Ort, dass er von diesen Straßen verschwinden musste, vom Ort seines Verbrechens. Er überlegte, sich ein Taxi zum Strand zu nehmen. Zurück zum Hotel, wo er begonnen hatte. Doch er hatte Angst davor, in ein Taxi zu steigen. Inzwischen konnten die Freunde des Tsotsi-Jungen schon wissen, was geschehen war. Und es hätte sich herumgesprochen, dass nach ihm gesucht wurde. In einem Taxi wäre er leichte Beute.

Übelkeit überkam ihn. Er krümmte sich und spuckte Magensäure in den Rinnstein. Luft in seine Lunge zu saugen schmerzte ihn. Ein Dutzend Messer stachen ihn bei jedem Atemzug, und sein Körper war schwer wie Blei. Er brauchte Hilfe, aber er wusste nicht, wohin er gehen und was er tun konnte. Er hatte keine Freunde in dieser großen Stadt. Nicht einen einzigen.

Vor sich, in ein paar Blocks Entfernung, sah er die Tankstelle mit der BP-Sonne. Er ging darauf zu, zwang seine Füße zum Weitermarschieren.

Der Wohnblock, den Winter gemeint hatte, lag an der Ecke der Seitenstraße direkt neben der Tankstelle und war halb davon verdeckt. Das Gebäude sah aus, als wäre es seit seiner Errichtung nie wieder gestrichen worden. In einer verzweifelten Suche nach Sonnenlicht waren Wäscheleinen auf den winzigen Balkonen gespannt. Er fragte sich, ob er am richtigen Ort war.

Der Aufzug funktionierte nicht. Mühevoll hievte er sich die fünf Stockwerke bis zur Nummer 57 hinauf. Jeder Schritt war eine riesige Anstrengung für seine schwer arbeitende Lunge, sodass er sich auf jedem Treppenabsatz hinsetzen musste. Seine Lunge schien für immer weniger Luft Platz zu haben. Er stemmte sich an der Wand neben der Nummer 57 hoch und wartete, bis er wieder genug Luft bekam, um anzuklopfen.

Es dauerte lange, bis sein Klopfen beantwortet wurde. Endlich hörte er, wie eine Kette zurückgeschoben und ein Türschloss geöffnet wurde. Die Tür öffnete sich einen Spalt, und er sah ihr argwöhnisches Gesicht hinter einem Sicherheitsgitter hervorlugen.

»Emanuel!« Sie lächelte. »Du musst meine Gebete gehört haben. Ich habe an dich gedacht. Komm rein, komm rein«, sagte sie.

Sie entriegelte das Sicherheitsgitter, um ihn einzulassen. Dabei stützte sie sich auf Krücken, ein Fuß steckte in einem gepolsterten Plastikstiefel.

»Ich bin dumm gefallen«, erklärte sie beiläufig. »Hab mir den Fußknöchel gebrochen. Reine Unachtsamkeit. Darum hast du mich nie gesehen. Ich darf nicht fahren. Hänge hier fest, bis der Knochen geheilt ist. Wenn mein netter Nachbar meine Schreie nicht gehört hätte, wäre ich jetzt längst verhungert und verdurstet. Er hat mich in die Notaufnahme gebracht und Essen auf Rädern für mich organisiert. Seitdem bin ich ständig hier eingesperrt. Bei meinem Alter, haben sie gesagt, mindestens einige Monate.« In ihren Augen lag Verzweiflung, als sie ihn ansah.

»Das passt gerade, dass du mich besuchst.« Sie lächelte. »Ich habe mich schon gefragt, wie ich dir eine Nachricht zukommen lassen kann.«

Ihr Lächeln verblasste.

»Da ist Blut an dir«, sagte sie. »Ist das deins, oder ist es von jemand anderem?«

»Ich weiß es nicht.« Seine Beine verließ die Kraft, und er rutschte schnell die Wand hinunter, damit ihn der Boden auffing.

»Was ist passiert? Bist du in eine Schlägerei geraten?«

Er nickte, rang nach Atem. Der Schmerz in seinen Rippen bohrte sich jetzt unablässig in ihn und erschwerte es ihm, seinen Körper ruhig zu halten.

»Ich kann nicht dahin zurück«, erklärte er. »Sie werden mich umbringen, wenn sie mich sehen.«

»Wer sind die? Warum haben sie dich angegriffen?«

»Es war nur einer. Der Tsotsi-Junge. Du hast ihn schon mal gesehen, als er mir den Platz weggenommen hat. Er wollte, dass ich Drogen verkaufe und ihm das Geld gebe. Aber ich habe sie in die Mülltonne geworfen. Dann hat er versucht, mich umzubringen. Also habe ich mich mit meinem Messer gewehrt. Vielleicht ist er jetzt tot«, sagte er. »Ich weiß es nicht. Er hat stark geblutet.«

»Nun, wenn er tot ist, ist es nicht schade. Und wenn er nicht tot ist, wird er sich zweifellos Hilfe organisieren. Jetzt sollten wir uns um dich kümmern. Steh auf. Lass mich dich anschauen.«

Sie schälte ihm das blutgetränkte Shirt von der Schulter. »Das ist eine scheußliche Wunde. Du musst das anschauen lassen. Unglücklicherweise kann ich dich nicht fahren. Mal schauen, ob wir ein Taxi bekommen, dass uns den Hügel hinunterbringt.«

Er war zu schwach, um zu protestieren. Jeder Atemzug war eine höllische Qual. Es fühlte sich an, als steckte das Messer immer noch in ihm und stäche ihm jetzt von innen in die Rippen. Es wurde immer schwerer, Luft zu bekommen.

Die Krankenhausnotaufnahme war in Pinetown, eine kurze Fahrt den Hügel hinunter. Er saß im Taxi und stemmte sich gegen den Sitz, unfähig seinen schmerzerfüllten Körper ruhig zu halten. Zum

Glück war die Notaufnahme nicht voll, und er wurde sofort angeschaut.

Sie gaben ihm Spritzen und nähten die Wunde.

»Du bist ein Glückspilz«, sagte der Doktor. »Das Messer hat dein Rippenfell nur angekratzt. Deshalb bekommst du schwer Luft. Deine Lunge ist von dem Druck des Blutes im Brustkorb zusammengedrückt worden. Daher kommen die Schmerzen. Einen Millimeter tiefer, und es wäre alles vorbei. Du musst einen Schutzengel haben.«

Sie wollten ihn über Nacht zur Überwachung dabehalten. Doch er traute Krankenhäusern nicht. Er hatte Angst, sein Feind könnte Schläger schicken, um hier nach ihm zu suchen.

»Passen Sie auf ihn auf«, rieten sie Winter. »Wenn er wieder Schwierigkeiten beim Luftholen hat, bringen Sie ihn sofort her. Eine punktierte Lunge kann sehr schnell tödlich sein.«

Die Medikamente hatten geholfen. Der Schmerz in seinen Rippen war immer noch da, auch genauso stark wie zuvor, aber zumindest konnte er besser atmen.

Ein anderes Taxi fuhr sie wieder zurück.

»Gut«, sagte Winter, als sie die Wohnung erreichten, »es ist klar, dass du in diesem Zustand nicht auf der Straße sein kannst. Du bleibst besser eine Weile bei mir. Das wird für uns beide gut sein.«

Sie schienen keine andere Wahl zu haben.

»Ich habe nur ein Bett, aber dir macht es doch nichts aus, auf dem Boden zu schlafen, oder?«

Kapitel 17

Und so zog er zu ihr in ihre kleine Einzimmerwohnung in dem schmuddeligen Gebäude mit kaputtem Aufzug und Blick auf die Tankstelle. Es war keine angenehme Behausung. Der gemütliche Touch der Waldhütte fehlte. Er war dankbar für die sichere Unterkunft, aber er hasste es, darin gefangen zu sein. Der Lärm der Nachbarn drang durch die dünnen Wände, das einzige Fenster ging auf die Tankstelle hinaus.

Die Wohnung fühlte sich eher an wie ein Warteraum als wie ein Zuhause. Eine Wartehalle am Busbahnhof, in der man saß, wenn man darauf wartete, woandershin zu fahren. Kahle, schmutzige Wände, die einen neuen Anstrich brauchten. Keine Bilder. Ein Bücherregal ohne Bücher. Ein Tisch mit dem gewohnten Papierstapel. Nichts Fröhliches, an dem das Auge hängen bleiben konnte. Auf der Straße bekam man zumindest den Himmel zu sehen.

Er konnte jetzt verstehen, warum sie so oft in die Waldhütte flüchtete.

»Du wirst dir deine Verpflegung verdienen müssen«, sagte sie ihm. »Hilf mir beim Saubermachen und anderen Sachen. Ich tauge nicht zu viel, wie du siehst.«

Das machte ihm nichts aus. Er war Hausarbeit gewohnt. Seine Mutter hatte ihn so erzogen, dass er seinen Teil beitragen musste. Auch half er lieber anderen, als selbst abhängig zu sein.

Er putzte, kochte und wusch so eifrig, wie es seine wiedergewonnene Kraft zuließ. Währenddessen saß sie an dem Tisch mit dem Papier, die Hände untätig auf der Tastatur und den Blick starr auf den Bildschirm des Laptops gerichtet – als hätte sie nichts mehr zu sagen.

Es war diese Wohnung, die ihr zu schaffen machte. Eng wie ein Käfig. Nicht einmal eine Aussicht, die den Raum heller gemacht hätte. Und da war noch etwas anderes: die fehlende Anwesenheit eines Menschen, die durch ihr Fehlen alles beherrschte.

Als er eines Tages auf der Suche nach etwas war und einen Schrank öffnete, entdeckte er, dass er voller Kleidungsstücke und Schuhe für Jungs war, auch ein Fußball, dem die Luft fehlte, lag darin. Ein Schuhkarton rutschte heraus, und der Inhalt verteilte sich über den Boden. Fotos, alle von demselben Jungen. Auf einigen war er klein, auf anderen größer. Auf einem trug er die Kappe mit dem dicken Bären. Emanuel steckte die Bilder zurück in die Schachtel und war gerade dabei, sie zu schließen, da entdeckte er noch etwas: ein kleines Päckchen mit getrockneten Dingen, die aussahen wie verdrehte Insektenkörper. Neugierig öffnete er es. Ein seltsamer Geruch entströmte seinem Inhalt.

»Nicht berühren!«, bellte sie.

Sie schwang sich mit ihren Krücken hoch und nahm ihm das Päckchen weg.

»Was ist das?«

»Gift, tödliches.«

»Es riecht nach Pilzen.«

»Es sind Pilze. Nicht die essbaren. Schon ein kleiner Bissen davon kann ausreichen, um dich in die nächste Welt zu schicken.«

»Warum bewahrst du das auf?«

Ihr Blick wich seinem aus.

»Für den Fall, dass ich es eines Tages brauche«, war alles, was sie sagte.

Ihm war unbehaglich zumute bei ihrer Antwort. Aber er wusste nicht, was er hätte erwidern können.

Das Leben ging weiter, ein Tag glich dem anderen. Es gab zu viel Zeit in dieser Wohnung, nichts, was sie schneller hätte vergehen lassen. Sie spürten es beide. Je gesünder er wieder wurde, desto unruhiger wurde er auch. Er wollte rausgehen und durch die Straßen wandern, wie er es gewohnt war. Doch er konnte nicht riskieren, dass ihn jemand erkannte. Er wusste immer noch nicht, ob er ein Mörder war oder nicht.

Sie beobachtete ihn, wie er in seinem Gefängnis auf und ab lief, erkannte seine Frustration.

»Es ist gut, dass du von der Straße weg bist«, sagte sie zu ihm. »Ein ungezähmtes Leben macht dich ungezähmt, nur so überlebst du es. Das hast du schon erlebt. Das nächste Mal hast du vielleicht nicht so viel Glück.«

Ihre Worte trösteten ihn nicht.

»Diese Wohnung braucht eine Auffrischung«, sagte sie ein paar Tage später. »Ich bin es leid, immer dieselben Schmutzflecke anzustarren. Mal mir etwas Schönes. Das hier ist deine Leinwand.«

Sie zeigte auf die leeren Wände.

Er hatte nichts zum Malen. Das Malset war genauso verschwunden wie alles andere, das er besessen hatte.

Als er das nächste Mal frühmorgens loszog, um ihre Essensvorräte aufzufüllen, wies sie ihn an, sich die Kunstmaterialien zu kaufen, die er brauchte. Dafür verwendete er einige der orangefarbenen Geldscheine aus der Börse, sagte ihr aber nichts.

Er verbrachte ein paar fröhliche Tage damit, die Wände für sie anzumalen. Er füllte sie mit den lebensfrohen Blumen, Vögeln und Insekten, die er in seinem Gedächtnis gespeichert hatte. Transportierte ihre lebendige Schönheit in diesen freudlosen Käfig.

Als er fertig war, hatte sich die Wohnung verändert, Wand für Wand voller fröhlicher Bilder. Sie war zufrieden mit dem, was er getan hatte.

»Ich wusste, dass du begabt bist«, sagte sie. »Ich erkenne ein Talent, wenn ich es sehe.«

»Also, was werden wir mit dir tun, Emanuel?«, fragte sie an diesem Abend, als sie nach dem Essen zusammensaßen und dem Fernseher des Nachbarn durch die Wände zuhörten. »Du kannst nicht den Rest deines Lebens als illegaler Flüchtling zubringen und Tag für Tag untätig herumsitzen. Du musst dir eine Beschäftigung suchen. Eine Ausbildung machen. Als Bürger etwas für die Gesellschaft bei-steuern wie wir Übrigen. Denk darüber nach, und sag mir dann, was dir eingefallen ist.«

Dankbar für den Vorwand hinauszukommen, nahm er allein ein Moto-Taxi den Hügel hinunter zum Fädenziehen. Er zahlte selbst dafür, wieder von dem Geld aus der Börse. Er hatte keine Skrupel, die-ses unrechtmäßig erworbene kleine Vermögen für einen sinnvollen Zweck zu verwenden.

Er mochte die Moto-Taxis. In ihnen fühlte er sich sicher. Sie transportierten nicht mehr als zwei Fahr-gäste auf einmal und holten sie da ab, wo sie warte-ten, nicht wie die städtischen Minibus-Taxis, für die man sich an die Straße stellte.

Hinterher entschloss er sich spontan, sich zum Strand von Durban bringen zu lassen. Wieder hatte er Glück. Es stellte sich heraus, dass der Taxifahrer Kongolese war. Ein Flüchtling wie er. Sie unterhiel-ten sich in der Sprache ihrer Heimat, fühlten sich sofort brüderlich verbunden. Sie fragten nicht nach der Geschichte des anderen: Sie kannten sie bereits. Es war das stillschweigende Übereinkommen jener Menschen im Exil, nicht über das zu sprechen, was Schmerz bereitete.

»Du musst deine Asylpapiere bekommen«, riet sein neuer Freund ihm. »Bewirb dich um die brau-nen Aufenthaltspapiere, die dir einen Flüchtlings-status bestätigen. Das ist ein langer Prozess, aber es ist besser, als illegal hier zu leben. Du hast den Vor-teil, dass du jung bist. Es gibt mehr Sympathie für unbegleitete Minderjährige wie dich. Wenn du einmal erwachsen bist, machen sie es dir viel schwerer.«

Zögerlich fragte Emanuel ihn, wie er vorgehen konnte, um Neuigkeiten über die herauszufinden, die im Kongo geblieben waren.

»Das ist nicht einfach«, sagte der andere. »Es gibt so viele, die nach ihren verlorenen Liebsten suchen. Hunderttausende sind durch die immer noch wütenden Konflikte vertrieben worden. Ob sie tot sind oder noch leben, ist unmöglich zu wissen. Wer von den Milizen verschont wurde, den haben Cholera oder Malaria dahingerafft, oder er ist verhungert. Und jetzt noch Ebola. Es gibt keine Möglichkeit herauszufinden, was wem passiert ist. Keine Datenbank mit vermissten Personen. Die Flüchtlingsorganisationen haben nicht genügend Mittel, um zu helfen. Und die Dinge werden schlimmer dort im Kongo. Aber gib mir die Namen deiner Familienmitglieder, und ich schaue, ob irgendjemand etwas Neues über sie weiß. Wir haben unser eigenes kongolesisches Netzwerk«, erklärte er. »Wir sind Tausende Flüchtlinge hier und in anderen Ländern der Erde. Wir bleiben über WhatsApp in Kontakt, tauschen Neuigkeiten aus und unterstützen uns. Wir versuchen, uns gegenseitig zu helfen, so viel wir können. Wir haben sonst niemanden.«

Sein Landsmann setzte ihn am Strand ab, nachdem er ihm seine Nummer gegeben hatte und den Ratschlag, sich so bald wie möglich ein Smartphone zu besorgen.

Der kurze Austausch hatte ihn ermuntert. Er hatte erkannt, wie einsam er war, wie sehr er den Kontakt zu Leuten vermisste, die seine Kultur und seine Sprache teilten. Zum ersten Mal erkannte er, wie groß das Netzwerk kongolesischer Flüchtlinge war: verstreut über Länder und Kontinente, alle konfrontiert mit dem gleichen Kampf ums Überleben. Diese Erkenntnis tröstete ihn, machte ihn zugleich aber auch traurig.

Es war sonderbar, wieder hier zu sein, am Strand von Durban, zum ersten Mal seit den Tagen nach seiner Ankunft. Der Geruch des Meeres rief Erinnerungen wach an seine ersten Tage hier: kriegstraumatisiert und von Trauer erfüllt. Wie weit er seit damals gekommen war. Was für einen seltsamen Weg ihn seine Füße geführt hatten, um ihn an diesen Punkt zu bringen.

Ohne logischen Grund begab er sich zum Hotel Salamander – nur dass Winter in ihrer Entschiedenheit wieder die Hoffnung in ihm entfacht hatte, seine Mutter könnte entgegen aller Wahrscheinlichkeit noch am Leben sein. Er ertappte sich dabei, wie er bei Frauen, die ihm begegneten, nach typischen Merkmalen der Frauen aus dem Osten des Kongo suchte. Als erwartete er, dass sie genau auf dieser Straße und genau in diesem Moment auftauchte, in dem er hier herumlief. Doch selbst wenn sie das tat, wie sollten sie einander finden? Falls sie sich auf der Straße begegneten, würden sie sich überhaupt erkennen? Ihr getrennter Weg hatte sie beide verändert. Er war nicht mehr das Kind, das sie zuletzt gesehen hatte. Er war gewachsen in den vergangenen Wochen, war in die Höhe geschossen und kräftiger geworden. Winter hatte das festgestellt. Wenn sie nebeneinanderstanden, war es jetzt er, der sie überragte.

Wie sich seine Mutter verändert hatte, ahnte er nicht.

Winter war schlecht gelaunt, als er heimkam.

»Wo warst du?«, verlangte sie zu wissen. »Ich habe dich vor Stunden zurückerwartet. Ich habe mir Sorgen gemacht, du könntest unterwegs aufgegriffen worden sein.«

»Ich bin zum Salamander gefahren«, erzählte er ihr.

Da verstummte sie und drängte ihn nicht weiter.

An diesem Abend hörten sie nach dem Essen auf ihrem alten Gerät Radio, während aus der Wohnung nebenan laute Fernsehgeräusche von Autorennen drangen. Da sprach sie das Thema wieder an.

»Ich habe nicht vergessen, nach deiner Mutter zu suchen«, sagte sie. »Ich habe Nachforschungen angestellt. Aber es ist nicht einfach, einen vermissten Verwandten aus der Demokratischen Republik Kongo zu finden. Das ganze Land ist voller Vermisster.«

Das war ihm nicht neu.

»Die Aussichten sind düster«, fuhr sie fort. »Es gibt Tausende wie dich, die sie unbegleitete minderjährige Flüchtlinge nennen. Kinder, die bei den Kämpfen von ihren Eltern getrennt wurden. Niemand weiß, was man mit ihnen machen soll. Ohne Papiere existierst du gar nicht.«

Er erzählte ihr von seinem Gespräch mit dem Taxifahrer.

»Dein Freund hat recht«, sagte sie. »Wir müssen dich so bald wie möglich als Asylsuchenden melden. Bevor dich die Polizei ohne Papiere aufgreift und in dieses scheußliche Lindela Repatriation Centre bringt, von dem so oft in den Medien berichtet wird. Sie würden dich dahin zurückbringen, wo du herkommst. Aber wie werden wir dich zum Flüchtlingsbüro bringen?« Sie legte die Stirn in Falten. »Ich habe nicht das Geld für den Hin- und Rückweg in einem teuren Taxi. Es ist sehr unpraktisch, wenn man keinen Fahrer in der Familie hat«, ärgerte sie sich. »Dieser verdammte Knöchel.«

Sie verstummte eine Weile.

»Wir müssen dir beibringen zu fahren«, sagte sie. »Dann kannst du das Fahren übernehmen, und ich lehne mich zurück.«

Er glaubte, sie mache einen Scherz. Aber sie meinte es ernst.

»Kannst du fahren?«

»Nein«, erwiderte er.

»Nun, es wird Zeit, dass du es lernst. Wie alt bist du jetzt?«, wollte sie wissen.

Er hatte keine Ahnung. Er hatte jedes Gefühl für Monate und Jahre verloren, seit er auf der Flucht war.

»Lass uns annehmen, du bist sechzehn«, sagte sie. »Das ist das erlaubte Alter, um fahren zu lernen.

Natürlich brauchst du einen Pass und eine Geburtsurkunde für die Prüfung. Aber darüber machen wir uns jetzt keine Sorgen. Wir bringen dir erst einmal das Fahren bei. So sind wir gut vorbereitet. Es wird einfach für dich sein, einen Führerschein zu bekommen, wenn du erst einmal alle deine Papiere hast.«

Sie stand so schnell auf, wie es mit ihrem Plastikstiefel nur ging. Immer noch brauchte sie Krücken, aber sie konnte den Fuß inzwischen wenigstens etwas belasten.

»Gut«, sagte sie, »was du heute kannst besorgen, das verschiebe nicht auf morgen.«

Er blieb am Fleck sitzen und starrte sie an.

»Du wirst mir das Autofahren beibringen?«, fragte er ungläubig. »Jetzt? Heute Abend?«

»Ja«, erwiderte sie, beinahe freudig erregt. »Warum nicht? Mein altes Auto steht schon seit Wochen nutzlos herum. Es muss gefahren werden, sonst bricht es noch früher als ich auseinander. Lass uns schauen, ob der Aufzug funktioniert.«

Sie schien das Ganze sehr zu genießen. Er genoss es überhaupt nicht.

»Schau nicht so verängstigt«, sagte sie. »Du hast im Wald mörderische Soldaten und wilde Tiere überlebt. Wie schlimm kann es da sein, auf den Straßen von Durban zu fahren?«

Sie ruckelten mit dem quietschenden Lift langsam auf das Straßenniveau hinunter und verließen das Gebäude auf der Rückseite, wo Winters Wagen in einer Parkbucht stand. Sie wies ihn an, auf der

Fahrerseite einzusteigen, blieb neben ihm stehen und erklärte ihm die Pedale und die Gangschaltung. Dann ließ sie ihn so lange die verschiedenen Positionen des Schaltknüppels ausprobieren, bis sie zufrieden war.

»Gut, du kannst jetzt das Wichtigste. Ist doch nicht so schwer, oder?«, sagte sie. »Lass sie anspringen.«

Der Wagen sprang nur widerwillig an und hustete jedes Mal, wenn Emanuel den Zündschlüssel drehte, als würde er abgewürgt.

»Halt, halt«, befahl sie. »Du lässt sie absaufen. Dieses alte Mädchen hat lange gestanden. Es braucht ein bisschen vorsichtiges Aufwärmtraining, damit es läuft. Rutsch rüber.«

Sie löste den Plastikstiefel von ihrem Fuß und warf ihn auf seinen Schoß. Dann schob sie Emanuel auf die Beifahrerseite, damit sie einsteigen konnte.

Bei ihr sprang der Wagen sofort an, wie ein Hund, der seinen Besitzer kennt. Sie blieb eine Weile sitzen und drehte den Motor sacht auf, bis er stetig schnurrte.

»Zeit für deine erste Lektion«, sagte sie. »Ich fahre ihn aus der Parkbucht, dann kannst du das Fahren ausprobieren.«

Seinen Protest, er sei noch nicht so weit, nahm sie nicht ernst.

»Es ist wirklich keine große Sache«, erklärte sie. »Tausende minderjähriger Teenager haben sich bei verbotenen Ausflügen mit den Autos ihrer Eltern heimlich selbst das Fahren beigebracht. Ich weiß das – ich war selbst eine von ihnen. Zu deinem Glück hast du mich als Trainerin. Ich bin Lehrerin gewesen.«

Sie drückte die Kupplung, um das Auto in den Rückwärtsgang zu versetzen, jaulte auf, fluchte und jagte holpernd aus der Parkbucht.

»Übernimm du«, sagte sie stöhnend. »Ich glaube, das hat meinem verdammten Knöchel nicht gutgetan.«

Sie tauschten die Plätze, und Winter dirigierte ihn vom Parkplatz auf die Straße, dabei versuchte sie, seine Angst kleinzureden.

»Ich bin gleich hier neben dir. Wenn ich ›Bremse‹ rufe, muss dein Fuß wissen, wo sie ist. Steig nur nicht aus Versehen aufs Gas.«

Unsicher fuhr er auf die Straßen von Hillcrest hinaus, die so spät nachts zum Glück leer waren. Sein Fuß tanzte nervös zwischen den Pedalen herum, voller Angst, er könnte das falsche drücken. Er beherrschte das Umschalten noch nicht, oder die Kupplung, mit der kniffeligen Zeitverzögerung. Ständig würgte er den Motor ab.

»Mach dir nicht so viele Gedanken«, sagte sie. »Du darfst Fehler machen. Eine neue Fähigkeit kann man nur durch Ausprobieren erlernen.«

Sie kurvten durch Seitenstraßen, die zu dieser Zeit ruhig und überschaubar waren. Ein paar Autos fuhren an ihnen vorbei. Eines tauchte hinter ihm auf, drängte sich an seine Stoßstange.

»Bleib cool«, beruhigte sie ihn. »Mach einfach weiter. Er kann dich überholen, wenn er will.«

In seinem Rückspiegel blitzten helle Lichter auf, blendeten ihn. Er würgte den Motor ab.

»Beschleunige ein bisschen«, wies sie ihn an, als er sich wieder in Bewegung setzte, »gib mehr Gas.«

Sie fuhren auf den in der Dunkelheit verlassenen Supermarktparkplatz.

»Siehst du? Es ist niemand hier«, sagte sie. »Einen besseren Ort zum Üben kannst du dir nicht wünschen.«

Auf dem großen Gelände fuhr er kleine Strecken vor und zurück, übte das Schalten in einen anderen Gang, fuhr an und bremste, wie sie es von ihm verlangte, dabei versuchte er Brems- und Gaspedal sowie die unterschiedlichen Gänge auszutarieren. Mithilfe einiger orangefarbener Kegel, die unter einem Baum aufgestapelt gewesen waren und die er auf ihre Anweisung hin aufstellte, brachte sie ihm das Wenden bei, erst in der einen, dann in der anderen Richtung. Schließlich schickte sie ihn wieder auf die Straße hinaus.

»Nicht schlecht«, sagte sie, als sie zu ihrem Ausgangspunkt in der Parkbucht bei ihrem Haus zurückkehrten. »Zum Glück lernst du einigermaßen schnell. Für die Langsamen habe ich keine Geduld.«

Er war so ausgelaugt, als wäre er den Wüstenmarathon gelaufen.

Am nächsten Tag befestigte sie ein großes LEARNER-Schild an der Heckscheibe des Toyotas.

»Das funktioniert wie ein Schutzzauber«, sagte

sie. »Sie werden einen guten Abstand zu dir halten, wenn sie dich sehen.«

Von da an ging es schnell voran. Jeden Tag zwang sie ihn zu allen möglichen Uhrzeiten auf die Straßen hinaus, damit er seine neue Fähigkeit erproben konnte. Offensichtlich genoss sie es, dass sie einen Vorwand zum Verlassen der Wohnung hatte und dass sie wieder die Lehrerin sein konnte.

Für seine vierte Lektion ließ sie ihn in Pinetown fahren, in der Stoßzeit, als sich alle Fahrzeuge der Stadt durch die verstopften Straßen drängten, um möglichst schnell nach Hause zu kommen.

»Lass uns schauen, wie du dich unter realen Bedingungen schlägst.« Sie grinste. »Falls du diese Feuertaufe überlebst, wird dich nichts mehr schrecken.«

In ihren Augen lag ein fanatisches Glitzern.

»Nur damit du es weißt: Wir sind nicht versichert, und es ist kein Geld für ein neues Auto da. Also bau keinen Unfall. Darüber, dass du keinen Führerschein hast, will ich gar nichts sagen. Und meiner ist abgelaufen. Also werden sie uns wahrscheinlich beide einsperren.«

Mitten in dem Hupkonzert von beschleunigenden, knurrenden, testosterongeladenen Vehikeln ließ sie ihn an der schlimmsten Kreuzung der Stadt Spießruten laufen. Zu dieser Uhrzeit war es der Wilde Westen der motorisierten Verrückten. Niemand beachtete irgendeine Verkehrsregel. Oder die Fahrspuren. Oder die Ampeln. Die Kreuzungen wurden von Taxis und Bussen blockiert, die keine

Notiz vom Farbwechsel der Ampeln nahmen, sodass ständig alles festgefahren war. Fußgänger kämpften um ein Taxi nach Hause. Geländewagen mit Panzerreifen und Lastwagen fuhren über die Bürgersteige, um sich einen Schleichweg durch das Chaos zu sichern.

Das war nicht der Ort, an dem man die Nerven verlieren oder den Motor abwürgen durfte. Man musste die Nase an die Stoßstange vor sich pressen und in den Überlebensmodus gehen, sich verbissen voranschieben und an nichts denken, das Gemetzel, in dem man sich befand, einfach ignorieren.

Sie saß neben ihm und bellte verwirrende Kommandos, bis sein Kopf fast platzte. Das Adrenalin pumpte so laut durch seinen Körper, dass er sie kaum hörte. Eine winzige Lücke öffnete sich vor ihm auf der verstopften Straße.

»Worauf wartest du? Fahr, fahr!«, rief sie.

In der Hektik würgte er den Wagen ab. Das Taxi neben ihm ergriff die Chance, schlängelte sich an der Stoßstange ihres Wagens vorbei und fuhr in die Lücke. Eine Kakofonie wütender Hupgeräusche erklang von allen Seiten.

Zentimeterweise schoben sie sich zusammen mit allen anderen über die Kreuzung. Sein rechtes Bein zitterte wie Pudding vom ständigen Wechsel zwischen Bremse und Gas.

Erst nachdem die Lichter der Ampel zehnmal umgesprungen waren, hatten sie die schlimmste Kreuzung überquert. Danach löste sich der Knoten irgendwie, sie hatten das Verkehrschaos hinter sich und bewegten sich auf die Umgehungsstraße zu, die auf den Fields Hill führte.

»Siehst du?« Sie strahlte. »Du bist gut durchgekommen. Ein Crashkurs ohne Crash.«

Sie tuckerten nach Hause, über die steilen Kurven am langen Hang.

»Du fährst im Vierten«, sagte sie. »Schalt runter in den Dritten.«

Doch in seiner totalen Erschöpfung hatte er vergessen, wo der dritte Gang war. Er verfehlte die richtige Position und kam versehentlich in den ersten. Die Gangschaltung kreischte, der Motor jaulte protestierend auf. Der Wagen hielt abrupt an und rollte rückwärts den steilen Hang hinunter.

Hinter ihnen ertönte panisches Hupen.

»Brems, brems!«, bellte sie. Gerade noch rechtzeitig riss sie die Handbremse hoch. »Mach das Warnblinklicht an! Bleib mit dem Fuß auf der Bremse.«

Sie rief ihm noch mehr Anweisungen zu. Doch alles, was er tun konnte, war, vor Schreck erstarrt dazusitzen. Autos schnellten hinter ihnen heran und umrundeten sie im letzten Moment.

Zitternd öffnete er seine Tür, um auszusteigen und sie übernehmen zu lassen.

»Wag es nicht!«, blaffte sie. »Wenn du jetzt die Nerven verlierst, wirst du das Fahren niemals lernen. Schalt in den ersten Gang. Fuß auf die Kupplung, zünden. Beschleunige, lass die Kupplung langsam los und fahr.«

Irgendwie schaffte er es, ihre Instruktionen umzusetzen.

Ohne weitere Missgeschicke fuhren sie nach Hause. Als sie dort ankamen, war er so erschöpft, dass er es fast nicht aus dem Auto herausgeschafft hätte. Zu diesem Zeitpunkt hätte er gerne aufgegeben. Oder zumindest eine Pause von den täglichen Torturen eingelegt, damit sich seine Nerven erholen konnten. Doch sie gab nicht nach. Jeden Tag zwang sie ihn für eine weitere Lektion in den Fahrersitz.

Gegen Ende der Woche fühlte er sich sicherer. Er stellte fest, dass es ihm gefiel, am Steuer zu sitzen. Er war dadurch gestärkt worden, fühlte sich größer, älter.

»Schau nicht so glücklich«, riet sie ihm. »Morgen üben wir einparken.«

Sie kaufte ihm ein Fahrschulbuch.

»Wenn du schon unerlaubterweise fahren wirst, musst du zumindest die Verkehrsregeln kennen«, sagte sie ihm. »Hier, pauk das. Sag mir, wenn du glaubst, du bist bereit, dann prüf ich dich.«

Er genoss die Herausforderung des Lernens. Ein schöner Kontrast zur Langeweile. Sich die Straßenschilder zu merken fiel ihm leichter, als er erwartet hatte, weil er die Bilder gut im Kopf hatte.

Als sie ihn abfragte, war sie beeindruckt.

»Gut«, sagte sie. »Bis auf die Tatsache, dass du keinen Führerschein hast, schlägst du dich gut. Ich würde dich bestehen lassen, wenn ich dein Prüfer wäre. Wie schade, dass du keinen Ausweis hast.«

Um Einkäufe und andere Kleinigkeiten zu erledigen, ließ sie ihn allein den Wagen nehmen. Es kam ihm vor, als hätte er die Tür zur Freiheit aufgestoßen.

Im Gegensatz dazu wirkte sie völlig deprimiert. Jetzt, da die Aufgabe, ihn zu unterrichten, erledigt war, hatte sie nichts mehr, was ihre Langeweile gelindert hätte. Ihr Fußknöchel machte immer noch Probleme. Zum Gehen brauchte sie weiter die Krücken, deren Klicken sich in der Wohnung anhörte wie die Pfoten eines Leoparden in Gefangenschaft. Die langsame Heilung verdross sie sehr.

»Der Fluch alter Knochen«, sagte sie.

Doch Emanuel konnte nicht umhin zu vermuten, dass hinter ihrer Launenhaftigkeit noch mehr steckte. Irgendetwas bedrückte sie, von dem sie nicht sprach. Aus Angst, die Verschwiegenheit, mit der sie sich umgab, zu verletzen, traute er sich nicht zu fragen.

Ein- oder zweimal fuhr er mit einem Moto-Taxi aus dem vertrauten Umfeld hinaus und flüchtete für eine Zeit lang an den Strand, wo er sich frei bewegen konnte. In Hillcrest fühlte er sich noch immer wie auf der Flucht, konnte nicht sicher auf den Straßen umherlaufen, weil er immer noch nicht wusste, ob sein Gegner noch lebte oder nicht. Am Strand genoss er die Sorglosigkeit, das bunte Gemisch der Menschen, die spazieren gingen und friedlich miteinander verkehrten. Außerdem gefiel ihm die Möglichkeit, sich mit Landsleuten zusammenzutun, die eigene Sprache zu sprechen und Neuigkeiten aus seiner Heimat zu erfahren. Sie waren nie gut. Das Kämpfen nahm kein Ende. Die Unschuldigen mussten weiter flüchten, sie litten und starben.

Allerdings beglückte es ihn, von seinem Taxifahrerfreund zu erfahren, dass die Moto-Taxis ein kongolesisches Unternehmen waren. Einige Flüchtlinge hatten ihre dürftigen Einnahmen zusammengelegt, um ihr kleines Geschäft mit einem einzigen Taxi zu starten. Von Eingewanderten und Einheimischen gleichermaßen unterstützt war es von da an sprunghaft gewachsen. Diese Erfolgsgeschichte zu hören machte Emanuel Mut, denn sie stand im Gegensatz zu den gewohnten undurchdringlichen Mauern, die Flüchtlingen den Weg versperrten. Sie gab ihm das Gefühl, dass er etwas erreichen konnte, genau wie Winter gesagt hatte.

Die Sorge um sie quälte ihn weiterhin. Sie schien so lustlos zu sein, interessierte sich für gar nichts. Sie fragte ihn nicht, wohin er ging oder woher er kam. Selbst, wenn er erst nach Einbruch der Dunkelheit von seinen Strandausflügen zurückkehrte, machte sie ihm keine Vorhaltungen. Das passte so überhaupt nicht zu ihr. Immer wenn er hereinkam, saß sie auf demselben Stuhl und starrte reglos auf die bemalten Wände, als wäre sie von ihnen hypnotisiert, der Papierstapel lag unberührt auf dem Tisch, der Laptop steckte vergessen in der Tasche.

Kapitel 18

Als er eines Morgens früher als sonst unterwegs war, lief er seinem Freund, dem Nachtwächter, über den Weg, der gerade von seiner Schicht kam.

»Hey Kumpel, lang nicht gesehen«, sagte er. »Du hast dein Zuhause auf der Straße verlassen. Wo bist du jetzt?«

»In der Wohnung einer Freundin«, berichtete Emanuel ihm. »Sie ist gut zu mir.«

»Das sind gute Nachrichten. Die Straße ist nichts für dich. Diese Tsotsi-Ratten, sie würden dich fressen. Erst vorletzte Woche wurde jemand niedergestochen, dort, wo du immer gesessen hast. Es war der, den sie uGolidi genannt haben.« Er tippte sich gegen die Zähne, um den goldenen Schneidezahn anzudeuten. »Hast du ihn gekannt?«

»Ja«, antwortete Emanuel und blickte weg. »Ist er getötet worden? Ist er tot?«, fragte er schnell.

»Das weiß ich nicht. Sie haben ihn ins Krankenhaus gebracht. Ich habe ihn nicht wiedergesehen. Vielleicht ist er zu den Ahnen gegangen. Das sind gute Nachrichten für uns. Er war ein schlimmer Mann, der.«

Kurz sah er Emanuel nachdenklich an.

»Deine Freundin füttert dich«, sagte er. »Du

siehst *mafutha* aus heute, nicht so dürr wie früher.«
Er klopfte sich auf seinen eigenen stattlichen Bauch.
»Sag mir, mein Freund, wie ist dein Zulu jetzt?«

»*Qubeka*«, antwortete Emanuel spielerisch, damit
wollte er sagen: »Es geht voran.« Doch seiner Zunge
gelang das schnalzende Ploppen des »qu« nicht.

Der andere schüttelte sich vor Lachen.

»Du musst kommen und dich ein paar Abende zu
mir setzen, damit du richtig sprechen lernst«, sagte
er. »Ich helfe dir zu üben.«

»Das werde ich tun«, antwortete Emanuel. Er
suchte nach vergessenen Sätzen auf Zulu. »Auf Wie-
dersehen. Bleib gesund«, verabschiedete er sich in
seinem Zulu-Französisch mit starkem Akzent.

»Aauh«, jaulte sein Freund. »Wir haben viel zu
tun. Deine Zunge muss lernen, wie ein Mann zu
tanzen, nicht wie ein Hühnchen!«

Bei seiner Rückkehr war Winter auf den Beinen, der
Seesack stand fertig gepackt an der Tür, die Kühlbox
daneben.

»Hol deine Sachen«, befahl sie. »Und bring das
zum Wagen. Ich habe genug von dieser schäbigen
Wohnung. Wir fahren zur Hütte der Erdferkel.«

Zweifelnd starrte Emanuel sie an. Er fragte sich,
wie sie es schaffen sollte ein Auto zu fahren, wenn
er sich den Zustand ihres Fußknöchels genauer be-
sah.

Das fand er schnell heraus.

»Du übernimmst das Fahren«, sagte sie. »Wir
müssen einfach hoffen, dass wir nicht angehalten

werden. Fahrschüler sind auf der Autobahn nicht erlaubt.«

Auf dem Weg aus der Stadt war sie sehr ruhig. Er konzentrierte sich angespannt auf den Verkehr, hatte fürchterliche Angst vor einem Unfall. Bei dieser Geschwindigkeit konnte ein kleiner Fehler schlimme Konsequenzen haben. Es half ihm nicht, dass sie neben ihm saß. Als er ihr einen Blick zuwarf, entdeckte er, dass sie schlief, ihre Augen waren geschlossen, der Mund stand offen. Er wusste nicht, ob ihr Vertrauen in ihn ihm schmeicheln sollte oder ob er Angst haben sollte, weil er auf sich allein gestellt war.

Erst als sie auf ruhigere Landstraßen abbogen, entspannte er sich und begann das Hochgefühl hinter dem Lenkrad zu genießen.

Winter schlief den Großteil der Strecke weiter, schreckte nur hin und wieder benommen hoch, warf einen schnellen Blick auf die Straße, nickte und dämmerte dann wieder weg. Die langweilige Rolle der Beifahrerin war eindeutig nichts für sie. Sie wurde erst richtig wach, als sie an dem Schmetterlingsschild abbogen und auf dem letzten Stück der Zufahrt durchgerüttelt wurden.

Er ging um das Auto herum, damit er ihr heraushelfen konnte, aber sie scheuchte ihn verärgert mit der Krücke fort.

»Du gehst voraus«, sagte sie. »Ich komme ohne deine Hilfe klar. Wie es mein ganzes Leben war.«

In so einer kratzbürstigen Laune hatte er sie seit ihrem ersten Ausflug hierher nicht mehr erlebt. Er nahm die Sachen aus dem Wagen und ging in Richtung Hütte, um sie dort abzuladen. Sie ließ er zurück, damit sie in ihrem eigenen Tempo folgen konnte, die Metallkrücke wütend auf die Steine knallend.

Sie schaffte es allein hinunter, ließ sich auf die Bank plumpsen und fixierte mit starrem Blick die Aussicht, als wollte sie sich alles genau einprägen. Da blieb sie auch, sie rührte sich nicht, um aufzustehen und sich in ihrer gewohnten schnellen Art einzurichten. Er erledigte das Auspacken, räumte die Dinge so an ihre Plätze, wie sie es mochte. Der Laptop war nicht mit ihnen auf die Reise gegangen. Genauso wenig wie der Papierstapel. Grübelnd stand er vor dem leeren Tisch und fragte sich, was er davon halten sollte. Es schmerzte ihn, sie so antriebs- und lustlos zu sehen, das lodernde Feuer erloschen. Es war, als reichte die Verletzung ihres Knöchels tiefer.

Er kochte Tee und brachte ihn zu ihr hinaus. Sie war wieder weggedämmert und dabei auf der Bank zur Seite gerutscht, den Fuß hatte sie hochgelegt. Sie wachte auch nicht auf, als er das Tablett neben ihr abstellte.

Auf dem Hügel war es kalt an diesem Tag. Der Himmel über dem Tal war voller Herbstwolken, der kalte Wind kündete vom Wechsel der Jahreszeiten. Er holte eine Decke von drinnen und deckte sie zu. Verschlafen öffnete sie die Augen.

»Emanuel«, nuschelte sie, »was mache ich nur ohne dich?«

Er erschrak, als er die Tränen in ihren Augen sah.

»Aber ich bin hier«, sagte er. »Ich gehe nirgendwohin.«

Wieder wollte er sie fragen, was nicht stimmte mit ihr. Aber er traute sich nicht, sie zu bedrängen. Er fragte sich, ob es mit ihrem vermissten Sohn zu tun hatte.

»Kümmere dich nicht um mich«, wies sie ihn an und rieb sich heftig die Augen. »Es ist diese verfluchte Abhängigkeit, die mich schwach macht. Das ist es, was ich immer gefürchtet habe.«

Sie setzte sich auf und nahm ihm mit einem zittrigen Lächeln den dampfenden Teebecher ab.

»Geh, mach einen langen Spaziergang«, sagte sie. »Bring mir etwas Fröhliches mit. Hast du deine Malsachen dabei?«

Er nickte. Er hatte sich Nachschub gekauft von dem Geld aus der Geldbörse.

»Das ist gut. Nimm sie mit. Dies könnte für eine lange Zeit unser letzter Ausflug hierher sein, also nutze ihn so gut du kannst. Im Winter wird es zu kalt. Meine alten Knochen vertragen das nicht mehr so gut.«

»Was wirst du machen, während ich weg bin? Du hast deine Schreibsachen nicht dabei.«

»Nein«, sagte sie. »Mir ist zurzeit nicht nach Schreiben. Ich werde einfach nur hier sitzen und die Ruhe genießen. Du musst dich nicht beeilen zurückzukommen, mir wird es gut gehen. Ich habe ein Buch zum Lesen mitgenommen.«

Als er seine Wanderung begann, war er wie immer froh darüber, mit sich allein zu sein. Der Himmel hatte eine herbstlich sanfte Färbung, weiße Vögel bildeten in langen Ketten ein perfektes V über seinem Kopf: ein sicheres Zeichen für den nahenden Winter.

Es fühlte sich gut an zu gehen, seine Beine waren voller Energie, sein ganzer Körper genoss die Erleichterung nach den langen Wochen des Eingepferchtseins in der Wohnung. Als er zurückblickte, sah er sie genauso auf der Bank sitzen, wie er sie zurückgelassen hatte: eine zerbrechliche Heuschrecke, kurz bevor sie die Hülle verlässt. Er winkte ihr zu. Doch sie winkte nicht zurück.

Er folgte einem neuen Weg nach unten, den er noch nicht erkundet hatte. Der Pfad zwischen hohen Kiefern hindurch war gefleckt von Sonne und Schatten. Weiche, zottige Teppiche aus Kiefernnadeln bildeten ein eigenes Kunstwerk. Inmitten dieses gleichförmigen Brauntons erstrahlten die anderen Farben im gedämpften Licht umso heller: das Senfgelb der Flechten, das leuchtende Grün der Moose, das Orange und das Rot der Mosaike aus gefallenen Blättern.

Zwischen den Wurzeln eines Baumes fand er einen Sitzplatz und verbrachte dort eine glückliche Zeit mit dem Auftragen von Farbschichten auf Papier. Dabei ließ er seine Hand die Bilder heraufbeschwören, die seine Augen sahen. Fantastisch, wie viel Freude ihm diese Betätigung bereitete. Wie das Malen ihn mit der Welt verband, von der er ein Teil war, als hätte sein Pinsel sie heraufbeschworen, zum Leben erweckt. Es schulte nicht nur seinen Blick, sondern auch alle anderen Sinne. Er nahm den Geruch des Sonnenlichts auf dem trockenen Staub wahr, das scharfe Aroma der Pflanzen, die Oberflächen und Temperaturen der Felsen, die ihn umgaben.

Er malte die raue braune Rinde der Kiefernstämme mit ihren tiefen schwarzen Rillen. Den Wind, der sie geprägt hatte, und den Himmel, nach dem sich die Stämme streckten. Die alten Felsen, vom Wetter zerlöchert und abgeschliffen, mit ihren rostroten Flechten und den kleinen Löchern von Insekten, die sich tunnelartig durch den harten Stein bohrten. Sein Pinsel hielt all das fest, ohne ein Detail auszulassen. Mit der gleichen Sorgfalt, mit der er die von Mühsal geprägten Lebensgeschichten in den Gesichtern der Menschen auf der Straße eingefangen hatte, schrieb er jedem Ding seine Daseinsberechtigung zu.

Er hatte keine Ahnung, wie viel Zeit verstrich. Wenn er so von etwas beansprucht war, blieb seine innere Uhr immer stehen.

Als er schließlich von seiner Arbeit aufblickte, war er total ausgehungert. Auch wenn er sich nicht daran erinnern konnte, gegessen zu haben, fand er in seinem Rucksack nichts Essbares mehr, und die Schatten um ihn herum waren viel länger geworden.

Er ging weiter, stolperte hierhin und dorthin, noch immer in seiner Malerei gefangen wie in einem Traum. Hinunter zu dem Stausee und über die gewundene Flussüberquerung mit den alten Spuren im trockenen Schlamm. Er suchte unter ihnen nach den typischen messerähnlichen Klauenabdrücken, an die er sich erinnerte. Doch er sah keine erkennbaren Zeichen. Selbst, wenn seine Erdferkelmutter hier entlanggelaufen war, waren ihre Abdrücke von zu vielen anderen Spuren überdeckt worden. Vor seinem Malerauge tauchte ihr lebendiges Bild auf, wie sie im schwachen Licht der Morgendämmerung unter seinem Baum stand und zu ihm aufblickte, als würde sie ihm erlauben, sie zu sehen. Ihr Junges, falls es überlebt hatte, wäre jetzt ausgewachsen und würde eigene Kinder bekommen. Winter hatte ihn beruhigt, als er ihr erzählt hatte, dass das Junge nicht bei der Mutter gewesen war und dass er Angst hatte, es könnte geraubt worden sein.

»Darum würde ich mir keine Sorgen machen. Sicher geht es ihm gut. Wahrscheinlich versteckt es sich nur und wartet auf ein Signal von der Mutter«, sagte sie. »Es muss etwas Außergewöhnliches gewesen sein, sie so aus der Nähe zu sehen. Du solltest dich sehr geehrt fühlen.«

Er setzte sich an seinen Lieblingsplatz auf die Felsen über dem Tal: Das Grün verwandelte sich in Gelb und Braun, der Wind zerrte mit eisiger Kälte an den unterwürfigen Gräsern, den Biss des nahenden Winters bereits zwischen den Zähnen. Die Schwalben waren fortgezogen. Hoch oben aber kreisten noch die Raubvögel ungestört vom unbarmherzigen Wind. Auf dem Fußweg zu dem Gehöft liefen Kinder, die von der Schule kamen. Sie winkten zu ihm hoch, riefen irgendetwas in der Sprache, die er nicht beherrschte. Lächelnd winkte er zurück.

Über ihm bewegte sich plötzlich ein Schatten. Er erschrak und sah nach oben. Ein finster dreinblickender Habicht schwebte direkt über ihm. Er ließ sich noch weiter nach unten fallen und war für einen kurzen Moment mit Emanuel auf Augenhöhe. In unmittelbarer Nähe zu dieser wilden Schönheit setzte sein Atem aus. Die gelben Augen des Vogels hielten seinen Blick fest. Dann schwang der Habicht sich mit einem einzigen, mühelosen Schlag seiner Flügel in die Luft und ließ sich vom Wind forttreiben.

Emanuel fand einen geschützten Platz und zeichnete schnell den Vogel aus der Perspektive, aus der er ihn gesehen hatte. Er füllte das Blatt mit den ausgespannten Flügeln und dem gereckten Kopf, die klaren gelben Augen mit den geschlitzten Pupillen starrten ihn an, der herbstlich blaue Himmel umrahmte das Tier. Als er fertig war, war er zufrieden. Durch den Blickwinkel, aus dem er es gemalt hatte, entfaltete das Bild eine überraschend lebensechte Wirkung.

Winter saß noch auf der Bank, als er zurückkam, genauso wie er sie zurückgelassen hatte, ohne Buch in den Händen.

»Diese Aussicht war mein halbes Leben lang ein Teil meines Daseins«, sagte sie. »Es gab eine Zeit, da wäre ich diese Felsen so leicht hinuntergerannt, wie du es jetzt tust. Meine Beine hatten die Kraft der Hügel in sich, so wie die deinen. Ich hätte etwas zu essen und Wasser eingepackt, und meinen Block, um darauf herumzukritzeln, dann wäre ich so lange draußen geblieben, wie ich Lust gehabt hätte. Jetzt kann ich mich nur daran erfreuen, dich zu beobachten.«

Ihre Augen waren so traurig an diesem Tag.

»Du bist lange fort gewesen«, bemerkte sie. »Erzähl mir, was du gesehen hast.«

Er erzählte ihr von dem Habicht. »Er war so nah«, sagte er. »Er hat mir in die Augen gesehen, als wäre er mein Bruder. Ich dachte schon, er wollte mich packen und davontragen. Seine Fußnägel waren so dick wie Baumstämme.«

»Krallen«, verbesserte sie ihn.

Er nickte.

»Welche Farbe hatte er? Beschreib ihn mir.«

»Braun«, sagte er. »Und sein Mund war gelb, genau wie seine Füße. Aber du kannst ihn dir selbst anschauen.« Er lächelte. »Ich hab ihn dir mitgebracht.«

Er gab ihr das Bild. Sie schien wirklich beeindruckt.

»Ein Schwarzmilan«, stellte sie fest. »Du hast ihn genau getroffen. Unser regelmäßiger Besucher. Er kommt im Sommer zu uns und verlässt uns dann wieder. Vielleicht wollte er von dir Abschied nehmen. Das ist sehr gut, Emanuel. Du hast echtes Talent, da gibt es keine Zweifel.«

Sie gab ihm das Bild zurück. »Signier es für mich«, wies sie ihn an. »Es wird vielleicht einmal wertvoll.«

Er nahm den Stift, den sie ihm reichte, und schrieb seinen Namen unten auf das Blatt.

»Ich will, dass du mir etwas versprichst«, sagte sie.

»Was?«, fragte er.

»Egal, was passiert, egal, wo du im Leben einmal enden wirst, du lebst nie mehr auf der Straße.«

Das zu versprechen kam ihm merkwürdig vor. Aber sie hatte ja auch eine merkwürdige Laune.

»Ich werde es versuchen«, sagte er.

»Es zu versuchen ist kein Versprechen. Versuchen kann es ein Schwächling, der beim ersten Windhauch zusammenbricht. Du musst besser sein. Geh, mach uns einen Tee«, bat sie schnell. »Ich brauche etwas zum Aufwärmen. Gib viel Zucker hinein.«

Im Laufe des Nachmittags waren die Temperaturen gefallen. Er ging in die Hütte, um den Wasserkessel aufzusetzen und das Tablett herzurichten, ein gewohntes Ritual. Als er eine ungeöffnete Packung Muffins fand, freute er sich. Das Malen hatte ihn hungrig gemacht. Er trug alles nach draußen, zusammen mit ein paar Decken.

Sie saßen auf der Bank mit ihren Teebechern und Muffins, kauten und schluckten, ohne zu reden, und beobachteten, wie die Wolken über den fernen Bergen ihre Farbe veränderten. Lichter blinkten in den Behausungen im Tal, als die Sonne verschwand und sich ein tiefrotes Dämmerlicht über alles legte, das dann schnell von kompletter Schwärze ersetzt wurde. Auf den Hügeln oben entflammten Feuerkreise wie brennende Halsketten: Die Winterfeuer wurden schon entzündet.

Es war so schön wie immer, doch sein Herz war seltsam beschwert. Als würde auch er sich verabschieden.

Am nächsten Morgen beschloss Winter aus dem Nichts heraus, dass sie zurückwollte.

»Ich warte auf einen wichtigen Anruf«, sagte sie. »Den will ich nicht verpassen. Mein Smartphone hat hier keinen Empfang. Diese Hügel stören ihn.«

Ihm fiel auf, dass sie seinem Blick auswich. Ihr Gesicht war aufgequollen wie nach einer durchwachten Nacht.

So bald schon in die Wohnung zurückkehren zu müssen bestürzte ihn. Aber es würde nichts nutzen, deshalb jetzt einen Aufstand zu machen. Er kannte sie inzwischen: Wenn sie einmal einen Entschluss gefasst hatte, war es unmöglich, sie umzustimmen.

Ohne zu widersprechen, lud er die Sachen ein und kehrte die Hütte. Hinter ihrer plötzlichen Abreise steckte mehr als nur der wichtige Telefonanruf. Er spürte ihre Unzufriedenheit. Ihre Unruhe. Ohne das Schreiben wusste sie nichts mit sich anzufangen.

Sie stiegen mit allen Taschen und Gepäckstücken ins Auto und machten sich auf den Heimweg. Doch kaum hatte er den Wagen gewendet, ließ sie ihn schon wieder anhalten.

»Vielleicht sollten wir doch bleiben«, sagte sie. »Es kann nicht schaden, noch einen Tag hier zu verbringen. Wer weiß, wann wir wieder die Gelegenheit bekommen, gemeinsam zurückzukommen.«

Mit ihren Lasten stapfte er den Waldpfad zurück, sie folgte ihm langsam.

Die Geschöpfe der Hütte schienen sich über ihre Rückkehr zu freuen. Das Handtuch, das er draußen auf der Wiese vergessen hatte, war von einem Schwarm kleiner grüner Grashüpfer bedeckt. Die dicke gestreifte Eidechse, die sich auf dem orangefarbenen Felsen sonnte, hob ihren Kopf zum Gruß. Die Wolken über dem Tal hielten noch das Gold der emporsteigenden Sonne fest, und ihre Schatten wanderten wie Antilopen über den Boden. Seine Augen streiften all das wie ein Pinsel, während er sich vorstellte, wie er die Konturen und die Farben auf das Papier auftragen würde. Vorfreude erfüllte ihn, er war glücklich über diese neue Sicht, die in ihm erwacht war.

»Setz dich«, sagte Winter. »Ich muss dir etwas sagen.«

Sie stellte sich vor ihn hin wie ein Schulmädchen, das eine Bestrafung erwartet.

»Ich bin nicht ehrlich dir gegenüber gewesen«, fuhr sie fort. »Den Anruf, auf den ich gewartet hatte, habe ich schon bekommen. Ich habe den richtigen Moment abgewartet, um es dir zu erzählen.«

»Geht es um deinen Sohn Taylor? Wurde er gefunden?«, fragte er aufgeregt.

Ihr Gesicht zog sich zu einer seltsamen Grimasse zusammen.

»Nein«, sagte sie, »es ging nicht um ihn.«

Er wartete, grundlos nervös.

»Es gibt Neuigkeiten, die dich freuen werden.«

Ihre Stimme klang angespannt, was nicht zu ihren Worten passte.

Wie um sich selbst zu wappnen für das, was gleich kommen würde, lehnte sie sich haltsuchend an die Bank.

»Ich habe den von dir gesuchten Onkel ausfindig gemacht.«

Sie wartete auf eine Reaktion von ihm. Doch seine Ohren hatten Schwierigkeiten, sie zu verstehen.

»Das Hotel, in dem er arbeitet, ist tatsächlich das, das deine Mutter dir genannt hat, das Salamander. Aber es ist das in Kapstadt, nicht das in Durban. Deshalb konntest du ihn nicht finden. Ich habe ihn kontaktiert. Und er freut sich darauf, dass du zu ihm kommst. Er wird bald ein Ticket für dich schicken.«

Emanuel war sprachlos. Die Vorstellung, dass Mitglieder seiner Familie am Leben waren, überwältigte ihn.

»Falls deine Mutter noch lebt, wird er dir helfen, sie zu finden. Und auch deinen Vater, seinen Bruder.«

Er konnte noch immer nichts sagen. Der Knoten in seinem Hals war zu groß zum Hinunterschlucken.

Wortlos stand er auf und umarmte sie.

»Emanuel«, hauchte sie. »Ich werde dich vermissen. Sehr vermissen.«

»Ich verlasse dich nicht«, sagte er. »Ich werde nur für einen Besuch hinfahren. Dann komme ich zurück.«

Sie schüttelte den Kopf.

»Du gehörst zu deiner Familie. Sie werden wollen, dass du von nun an bei ihnen wohnst. Und so sollte es auch sein.«

Sie stand da und versuchte mit ihren müden Augen seinen Blick einzufangen.

»Schau dich an«, fuhr sie fort. »Du warst noch ein Kind, als ich dich getroffen habe. Jetzt bist du ein Mann. Du brauchst mich nicht mehr als Stütze, du kannst auf eigenen Beinen stehen. Du hast eine Begabung, um die dich andere beneiden werden. Einen Namen. Eine Stimme, die du ohne Angst erheben kannst. Deine Mutter, die Ameisenbärin, wäre so stolz auf dich.«

Tränen tropften aus seinen Augen genau wie aus ihren, doch es kümmerte ihn nicht.

»Ich wusste, dass dieser Moment des Abschieds kommen würde«, sprach sie ruhig weiter. »Und ich gönne es dir. Meine Reise hier ist fast vorbei. Deine beginnt gerade erst. Es wird Zeit, dass du dir selbst ein neues Leben aufbaust. Eine neue Familie, um die zu ersetzen, die du verloren hast. Ich habe dir den Namen Pfadfinder gegeben. Jetzt musst du ihm gerecht werden. Mach etwas aus deinem Leben, aus Respekt vor all denen, die ihres nicht mehr haben.«

Sie atmete tief und hastig ein.

»Das ist der Pfad, den ich für dich sehe: Geh wieder zur Schule. Lern, was du versäumt hast. Eigne dir an, was du brauchst. Es gibt Schulen für Erwachsene, die vielleicht besser für dich sind. Finde eine Ausbildung, die dir etwas bedeutet. Deine Kunst wird dir helfen, dafür aufzukommen. Du bist schlau und begabt. Ich erwarte Großes von dir.«

Er ließ sich auf ein Knie fallen, schlang seine Arme um ihre Beine und hielt sich wie ein Kind daran fest.

»Winter Fire«, sagte er. »Du bist meine geistige Mutter. Ich werde niemals vergessen, was du mir gegeben hast.«

Ihre Unterlippe zitterte bei seinen Worten, aber ihre Augen leuchteten vor Stolz.

»Ich bin nicht Winter Fire«, entgegnete sie. »Von mir ist nur noch Asche übrig. Ich bin eine alte Frau, die der Welt nichts mehr zu geben hat.«

Kapitel 19

Seine Reise nach Kapstadt zu arrangieren dauerte einige Zeit. Er brauchte einen Ausweis, um mit einem Flugzeug fliegen zu können. Um den zu bekommen, brauchte er Dokumente, die er nicht besaß. Sein Onkel versuchte, ihn über seinen eigenen Ausweis laufen zu lassen, gab es aber schließlich auf und schickte ihm stattdessen ein Busticket.

Winter begleitete ihn zum Busbahnhof hinunter. Sie fuhr wieder, ihr Knöchel befand sich endlich auf dem Weg der Besserung.

Zwischen ihnen herrschte eine seltsame Distanziertheit.

»Danke dir, Mama Winter«, sagte er, als er sie zum Abschied umarmte. »Für alles, was du für mich getan hast.«

»Ich werde dich vermissen, Emanuel.«

Er stützte sein Kinn auf ihren Kopf. »Es ist nur für eine kurze Zeit. Ich werde bald zurück sein.«

Sie nickte, aber so, als würde sie ihm nicht glauben.

»Es ist gut, dass du zu deinem Onkel fährst. Vielleicht wirst du beschließen, dort zu bleiben, in der Postkartenstadt am kalten Atlantik. Ich will, dass du weißt: Es ist für mich in Ordnung. Du hast genauso eine eigene Familie verdient wie jeder andere.«

»Ich werde nicht lange dortbleiben. Es ist nur für einen kurzen Besuch, dann komme ich hierher zurück.«

Sie wandte das Gesicht ab, als würden seine Worte sie verletzen.

»Das ist allein deine Entscheidung.«

Mit vor der Brust verschränkten Armen ging sie einen Schritt zurück.

»Beeil dich nicht, wieder herzukommen«, sagte sie. »Vielleicht bin ich dann nicht einmal mehr hier. Ich muss noch woanders hingehen.«

»Wohin?«, fragte er verwirrt. »Wohin gehst du?«

Ihr Blick wich dem seinen aus.

»Meinen Sohn finden.«

»Du weißt, wo er ist?«

»Ja«, sagte sie, »ich habe es immer gewusst. Ich werde bald dorthin gehen. Früher war ich nicht bereit dazu, aber jetzt bin ich es. Du kannst in der Wohnung bleiben«, teilte sie ihm mit, »auch wenn ich fort bin. Du hast deinen eigenen Schlüssel. Jetzt steig in den Bus. Sie warten auf dich.«

Sie umarmte ihn ein letztes Mal fest.

»Ich bin stolz auf dich, kleiner Ameisenbär«, sagte sie.

Sie wartete, bis sich der Bus in Bewegung setzte. Das Letzte, was er durchs Fenster von ihr sah, war ihre aufrechte Gestalt, wie sie mit einer Krücke zum Auto zurückstakste.

Kapitel 20

Genau wie sie es gesagt hatte, sah Kapstadt aus wie ein Postkartenmotiv. Berge und Ozeanstrände und offene grüne Wiesen, wo auch immer man hinsah. Es waren nicht die, die er liebgewonnen hatte. Sein Herz verzehrte sich nach tiefen, sonnendurchfluteten Tälern und Drachenbergen.

Sein Onkel Elombe und dessen Familie empfingen ihn mit offenen Armen. Er erinnerte Emanuel an seinen Vater – groß und gut gebaut, wie es die Männer seiner Abstammung waren –, ganz anders als die Waldmenschen der Ituri mit ihrer kleinen Statur.

Bei der traurigen Geschichte ihrer vermissten Verwandten und dem Leid in ihrem Heimatland freuten sie sich unbändig, ihn bei sich zu haben. Sie waren Blutsverwandte, und er war dankbar, sie gefunden zu haben. Doch mit dem Herzen war er nicht bei ihnen zu Hause. Das war er bei der Frau, die ihn von den Obdachlosen weggeholt und ihm wieder beigebracht hatte, ein Mensch zu sein.

Sein Onkel wollte nichts von einer Rückkehr hören. »Bleib hier bei uns«, sagte er. »Wir sind deine Familie. An diesem anderen Ort gibt es nichts für dich. Wir werden für dich sorgen, als wärst du unser eigener Sohn.«

Er beantragte für ihn Asyl und half ihm, sich um einen braunen Ausweis zu bewerben, der ihm einen offiziellen Flüchtlingsstatus garantieren würde. Das war ein schwieriger Prozess mit vielen Besuchen bei den wichtigen Behörden von Kapstadt und Pretoria. Das Prozedere war dennoch einfacher mit einem Verwandten an seiner Seite, einem, der es schon selbst durchlaufen hatte und die Abläufe kannte.

»Zumindest hast du jetzt die vorläufige Aufenthaltsgenehmigung. Sie können dich nicht mehr abschieben.«

Emanuel war überrascht zu sehen, wie groß und bekannt die Flüchtlingscommunity in Kapstadt war. Viel sichtbarer als in der Stadt, aus der er gekommen war. Überall hörte man den Singsang des Französischen, das schnelle Geratter seiner Muttersprache Lingala und den Slang der Straßen von Kinshasa. Sie stachen hier nicht auf dieselbe Art hervor, sondern gingen neben den anderen Nationalitäten in der kosmopolitischen Stadt unter. Er hätte hier sehr glücklich sein sollen. Die Berge, das Meer mit seinen Stränden und die Wälder machten es einfach, derart fröhlich zu sein. Doch sein Herz widersetzte sich ihnen. Er hatte kein Verlangen, sie zu malen. Sein Geist sehnte sich nach den hohen Drachenbergen, der schneller heraufziehenden Dunkelheit, den Vögeln und Bäumen und Blumen, die seinen Augen bereits vertraut waren.

Mehrere Wochen waren verstrichen, doch er kam noch immer nicht mit seiner neuen Umgebung zurecht. An ihm nagte die Unruhe. Er konnte das letzte Bild von Winter nicht vergessen, ihr seltsames Verhalten, den Eindruck, dass sie irgendetwas vor ihm verbarg. Die Sorge um sie wurde stärker.

Sein Onkel war enttäuscht, als Emanuel ihm mitteilte, dass er zurückgehen würde. Er versuchte, es ihm ernsthaft auszureden.

»Du hast hier Möglichkeiten«, sagte er. »Menschen, die auf dich aufpassen, sich um dich kümmern. Wir sind deine Familie. Wir müssen in dieser verrückten Welt zusammenbleiben. Wir werden dir eine gute Schule suchen. An den Wochenenden kannst du kommen und mit mir in der Küche arbeiten, dann lernst du, ein Koch zu werden.«

Emanuel zeigte ihm nicht, wie enttäuscht er war. Das war nicht das, wofür sein Herz schlug und wofür er eine Begabung hatte.

»Lasst mich zuerst zurückgehen«, sagte er. »Ich habe es versprochen. Wir können über meine Zukunft sprechen, wenn ich wieder da bin.«

Diesmal hatte er die nötigen Papiere für ein Flugticket. Die zwei Stunden vergingen im Nu. Er saß am Fenster und beobachtete das Wolkenmeer unter ihnen, das aussah wie der dichte Nebel des Regenwaldes. Nur hin und wieder riss es auf, und die Knochengerüste der felsigen Berge oder die braunen Hügel tief unten kamen zum Vorschein. Als das Flugzeug schließlich über der blau glitzernden Fläche des Indischen Ozeans mit den von weißer Gischt gekrönten Wellen zu sinken begann, fiel ihm ein Stein vom Herzen.

Vom Flughafen Durban aus nahm er ein Moto-Taxi. Seine Anrufe bei Winter blieben unbeantwortet. Er wusste, sie konnte die Nummer nicht kennen, wahrscheinlich hob sie deshalb nicht ab. Doch so hatte er ihr nicht mitteilen können, dass er kam.

Er betrat eine leere Wohnung. Alles war makellos sauber, nicht ein Ding lag herum. Die Blumen und Tiere, die er gemalt hatte, wirkten ohne die menschlichen Bewohner ausgeblichen und einsam.

Der Schreibtisch sah seltsam verwaist aus. Das Manuskript, das ihm so vertraut war, war verschwunden. An seinem Platz lag unter einem Briefbeschwerer ein dünner weißer Umschlag. Der Haufen geschreddertes Papier im Mülleimer unter dem Schreibtisch sprach seine eigene Sprache.

Mit einem merkwürdig mulmigen Gefühl ging Emanuel darauf zu.

LETZTER WILLE UND TESTAMENT stand darauf. Darin lag eine einzelne eng bedruckte Seite.

Für die Nachwelt, begann das Schreiben.

Dies ist mein letzter Wille und mein Testament. Ich schreibe bei voller geistiger und körperlicher Gesundheit. Wenn dieses Papier gefunden wurde, dann weile ich auf dieser Erde nicht mehr unter den Lebenden. Demzufolge vertraue ich auf die Hilfsbereitschaft Fremder, dass sie dafür Sorge tragen, meine Wünsche auszuführen, wie unten aufgeführt und bezeugt.

Was von meinen Besitztümern übrig ist, vermache ich Emanuel Pfadfinder Kabeya, dem Jungen, der mir zu einem Sohn wurde, derzeit wohnhaft bei seinem Onkel

Elombe Courage Kabeya in Kapstadt, der im Hotel Salamander als Küchenchef arbeitet. Was ich zu vererben habe, überlasse ich einzig und allein Emanuel. Das schließt meinen Wagen, meinen Laptop, mein Smartphone und mein dürftiges Bankkonto mit ein.

Ich hoffe, er wird das alles klug nutzen, um das Leben zu führen, das er gewählt hat. Um zu beweisen, dass kein Betrug stattgefunden hat, setze ich als Vollstrecker die Bank ein, in der meine Dokumente hinterlegt sind, einschließlich des beurkundeten letzten Willens, in dem meine Wünsche für den Todesfall zum Ausdruck kommen. Ich gehe freiwillig aus dieser Welt des Leides, das ich nicht lindern oder verhindern kann. Meine sterblichen Überreste sollen auf dem Berg verbleiben, wo sich Schakale und Geier davon ernähren können, wie es die Natur vorgesehen hat. Sie sollen nicht den Würmern auf dem Friedhof oder den Flammen in einem Krematorium zum Opfer fallen.

Das ist alles, was ich über mein Hinscheiden zu sagen habe.

Gezeichnet
Ester Winter Fire Daniels

Bezeugt von
Alfred Nyathi, 56 Hillcrest Mansions
Lola von der Riet, 58 Hillcrest Mansions

Seine Augen füllten sich mit Tränen, als er auf das Datum des Schreibens sah. Gestern. Hatte sie es schon getan? War er zu spät zurückgekommen, um sie aufzuhalten? Sein Herz raste vor Unruhe. Wo konnte sie sein? Wohin wäre sie gegangen, wenn sie tatsächlich vorgehabt hatte, das zu tun? Sich selbst das Leben zu nehmen, so wie sie darüber geschrieben hatte, in dem Text, den sie ihm vorgelesen hatte.

Er wusste, wo. Es gab nur einen Ort, der ihm einfiel: Cobham. Ihr Lieblingsort in den Drachenbergen. Der Berghang mit Schakalen und Geiern, zu dem sie ihn an jenem Tag mitgenommen hatte. Es war erst vor ein paar Monaten gewesen – und doch so lange her. Dieser Tag, an dem er ihr unnötigerweise so viele Sorgen und Leiden bereitet hatte.

Er rief seinen Freund mit dem Moto-Taxi an, damit er ihn abholte. Als er das Ziel erfuhr, stieß er einen überraschten Pfiff aus.

»Das ist eine sehr weite Strecke, es wird dich viel kosten«, sagte er.

Emanuel war der Preis egal.

Sie flogen so schnell über die Autobahn wie nie zuvor. Die Landschaft links und rechts von ihnen verschwamm. Emanuel wollte sich weder über die winterlichen Hügel noch über die orangefarbenen Blütenkelche der Aloengewächse am Straßenrand freuen. Seine Gedanken rasten in seinem Kopf herum wie Kinder bei einem Tobsuchtsanfall. In dem einen Augenblick war er überzeugt davon, er hätte bereits verloren, dann erfüllte ihn Trauer. Im nächsten Moment war er nur wütend auf sie. Nach allem, was sie gemeinsam durchgemacht hatten, hatte sie ihn bereitwillig verlassen, einfach so. Sie hatte ihn weggeworfen wie das Manuskript, in Fetzen gerissen. Aber damit sollte sie nicht so leicht durchkommen, nicht wenn er es verhindern konnte.

Je näher sie ihrem Ziel kamen, desto kälter wurde es. Die Berge, an die er sich so gut erinnerte, kamen in Sicht. Verschneite Berge an diesem Tag, mit weißen Spitzen vor dem blauen Hintergrund des Himmels, die Hänge mit einer dicken Schneedecke überzogen. Er hatte noch nie etwas derart Schönes gesehen. Der Schnee war frisch, vermutlich in den letzten ein oder zwei Tagen gefallen. Das war der Grund gewesen, warum sie ihren Ausflug jetzt unternommen hatte, glaubte er zu verstehen. Sie hatte diesen Abgang für sich schon lange geplant.

Als er ihren Wagen auf dem Besucherparkplatz erblickte, war er zugleich bestürzt und erleichtert. Das bedeutete, dass er richtiggelegen hatte. Aber es bestätigte auch seine Sorge wegen ihrer Absichten. Es gab keinen anderen Grund, aus dem sie an so einem eiskalten Tag hier sein sollte.

»Willst du, dass ich warte?«, fragte sein Freund der Fahrer. »Wie wirst du zurückkommen?«

Emanuel schüttelte den Kopf.

»Nein, warte nicht. Es könnte lange dauern, bis ich sie finde. Ich werde mit ihrem Auto zurückfahren oder schauen, dass mich jemand nach Underberg mitnimmt, dort gibt es Taxis.«

Er zahlte seinen Freund mit dem Geld, das er noch übrig hatte, und gab ihm noch etwas extra für die Rückfahrt. Als er ihm beim Wegfahren nachsah, spürte er, wie ihm der Schmerz des Verlustes das Herz zusammenpresste.

Einen Moment blieb er stehen und schlang gegen die Kälte die Arme um den Oberkörper. Um ihn herum verloren die Blätter ihren Halt an den Bäumen und wirbelten wie Schneeflocken herunter.

Die Schönheit der Berge schrie ihn an, sie waren so undurchdringlich wie immer in ihrer frostigen Ruhe. Durch ihre vom Feuer geschwärzten Seiten und die weiß verschleierten Köpfe sah es aus, als würden sie trauern.

Er wandte ihnen den Rücken zu und ging zum Auto, weil er die Hoffnung nicht verloren hatte, sie dort zu finden: ausgestreckt auf dem Rücksitz schlafend, genau wie damals. Oder dass sie irgendwohin spazieren gegangen war. Zu ihren Lieblingsfelsen unten am Fluss. Er dachte daran, wie wütend sie damals auf ihn gewesen war, als er derjenige war, der vermisst wurde. Jetzt drehte sie den Spieß um.

Der Wagen war unverschlossen, aber niemand saß darin. Die Schlüssel baumelten achtlos im Zündschloss. Er setzte sich auf den Fahrersitz und wusste nicht, was er tun sollte.

Am Lenkrad steckte ein Brief. Er war für ihn, an die Adresse seines Onkels adressiert.

Mit zittrigen Fingern öffnete er den Umschlag.

Emanuel, mein Sohn, begann er.

Er konnte nicht weiterlesen. Er faltete das Blatt wieder zusammen, steckte es in den Umschlag und stopfte es in seine Tasche. Als er seine Füße bewegte, um auszusteigen, bemerkte er etwas auf dem Boden: ein kleines Plastiktütchen. Bis auf ein paar getrocknete, sporenähnliche Schnipsel war es leer. Bei dem Anblick gefror ihm das Blut in den Adern. Er nahm es und schnüffelte vorsichtig daran. Diesen speziellen Geruch konnte man nicht verwechseln: Erde mit einem Hauch von Mandel.

Jetzt wusste er es sicher.

Er schwang sich aus dem Auto und rannte zum Büro, um sie zu bitten, einen Suchtrupp auszusenden. Es war, als wiederholten sich die Geschehnisse von damals, nur mit vertauschten Rollen.

Die Nacht senkte sich in den Bergen schnell herab, bleischwer lag die Kälte auf seiner Brust. Selbst, wenn sie die Pilze nicht zu sich genommen hatte, würde sie dort draußen ohne Schutz sehr schnell erfrieren. Wenn sie sie lebend finden sollten, zählte jede Sekunde.

Die Ranger stiegen auf ihre Pferde und ritten in die Richtung los, die er ihnen gezeigt hatte: über den Fluss in das kalte Tal mit den Gesteinsfalten und -abhängen und den in den Sandsteinhügeln versteckten Höhlen. Welchen Weg sie für ihren großen Abgang gewählt hatte, ließ sich unmöglich sagen. Allerdings glaubte er nicht, dass ihr Fußknöchel den steileren Passagen auf den anderen Wegen gewachsen war.

Er wäre gern mit den Pferden gemeinsam losgestürmt – mit jenen Hyänenpferden, mit denen sie ihm damals Angst eingejagt hatte und die ihren Weg dank der Suchlichter auf den Helmen ihrer Reiter sogar in der Dunkelheit fanden. Doch er wusste, dass er niemals schnell genug wäre.

Also ging er zurück zum Wagen und setzte sich hinein. Nahm den Brief aus der Tasche und las ihn mithilfe der Innenbeleuchtung, wobei ihm die Tränen übers Gesicht liefen.

Emanuel, mein Sohn,

vergib mir, dass ich dich auf diese Art verlasse. Ich weiß, dass du es für feige hältst. Ich weiß, dass es dich verletzt. Aber ich weiß auch, du wirst es verstehen.

Ich habe einen zu großen Teil meines Lebens in einsamer Trauer zugebracht. Zu diesem Zustand kann ich nicht wieder zurückkehren. Dein Leben ist jetzt bei deiner Familie. Du gehörst dorthin. Ich will nicht, dass du dich für mich verantwortlich fühlst. Ich will nicht, dass du dich hin- und hergerissen fühlst zwischen dem, was beendet ist, und dem, was begonnen hat.

Deshalb habe ich diesen Zeitpunkt für meinen Abgang gewählt. Ich weigere mich, mir Vorschriften machen zu lassen, was meinen Tod betrifft. Genauso, wie ich mir keine Vorschriften über meine Art zu leben habe machen lassen. Ich habe keine Angst vor der Endlichkeit. Ich fürchte mich vor dem Schreckgespenst der Senilität und Hilflosigkeit. Ich möchte nicht, dass mein Tod auf einer schäbigen Krankenhausstation mit überarbeitetem Personal hinausgezögert wird, dass ich durch teure Medikamente und Monitore am Leben erhalten werde, während gleichzeitig Millionen von Menschen in der Blüte ihres Lebens umkommen, ohne je eine Chance gehabt zu haben. Ich mache Gebrauch von meinem Recht, mich selbst von der Bürde des hinausgezögerten Todes zu befreien und mich wieder aufzulösen in die wunderbare

Freiheit der Nichtexistenz, aus der alles Leben kommt und in die alles Leben zurückkehrt.

Vermiss mich nicht. Wenn du den Himmel über den Bergen ansiehst, wisse, dass ich ein Teil davon bin, dass ich mit den Adlern hoch in der Luft schwebe, umgeben von fröhlichen Dingen. Daran ist nichts Trauriges.

Mein Sohn, ich liebe dich. Mein Herz gehört dir für immer. Ich erwarte Großes von dir.

Winter Fire

Kapitel 21

Die Kombination von Dunkelheit und Kälte wirkte wie eine Droge. Fürchterlich verrenkt und nur mit dem Schal zugedeckt, den er im Kofferraum fand, schlief er hinter dem Steuer gegen seinen Willen kurz ein. Beim Erwachen hatte er ein bedrohliches Gefühl in der Brust, das ihm die Luft zum Atmen nahm. Die Dunkelheit der Berge schloss ihn von allen Seiten ein. Er bildete sich ein, weit weg auf der anderen Seite des Flusses das Klipp-Klapp von Pferdehufen zu hören. Also waren sie immer noch draußen bei ihrer ergebnislosen Suche. Er stieg aus, um zu lauschen. Doch da war nichts zu hören, nur die Stille der Berge.

Er konnte nicht im Auto sitzen bleiben. Also lief er, geführt vom sanften Murmeln des Flusses, in der Dunkelheit hinunter zur Hängebrücke. Der Mond war auf seinem Weg nicht zu sehen, nur das Licht, das der reflektierende Schnee an den Berghängen spendete, und die Suchscheinwerfer der Angst in seinem Inneren.

Es war eine bitterkalte Nacht. Der Fluss war eisbedeckt, sogar die Sterne sahen aus wie festgefroren. Wieder spürte er, wie sinnlos es war zu hoffen, sie könnte dort draußen überlebt haben, und wie unwahrscheinlich, dass der Suchtrupp sie lebendig fand. Oder überhaupt fand.

Er blieb auf der Hängebrücke – gefangen zwischen Himmel und Wasser – und stapfte hin und her, damit er nicht wie der Fluss einfror.

Irgendwann kurz vor dem Morgengrauen drang ein unverkennbares Geräusch an seine Ohren. Das stetige Klappern trabender Hufe. Die Pferde kehrten zurück. Er sah hinüber und erkannte die uniformierten Ranger, die wie in einer Prozession zum Fluss geritten kamen. Der Mann an der Spitze führte sein Pferd. Darauf lag ein eingewickeltes Bündel.

Emanuel blieb am Fleck stehen und beobachtete den Zug durch den Fluss. Tränen strömten ihm übers Gesicht.

Er ging nicht hinunter, um das Bündel aus der Nähe anzuschauen. Er wusste bereits, was er vorfinden würde.

Kapitel 22

Er fuhr selbst zurück in die Stadt, in dem roten Wagen, von dem sie gewollt hatte, dass er ihn besaß. Er sah keinen Sinn darin, am Schauplatz ihres Todes zu bleiben oder sich zu quälen, indem er ihre Leiche identifizierte und wegen der Formalitäten auf die Polizei wartete. Ihrer Leiche schuldete er nichts. Für sie würde es jetzt keinen Unterschied mehr machen, ob er da war oder nicht. Sie hatte sich entschieden, ihn allein zu lassen.

Der Gedanke daran, in die Wohnung zurückzukehren, schmerzte zu sehr. Er wollte nicht hineingehen und dann in jedem Winkel an ihr Fehlen erinnert werden. In Underberg hielt er an und tankte mit dem letzten Geld aus der Geldbörse. Es tat ihm nicht leid um diesen verfluchten Zufallsreichtum, der ihn an das barbarische Leben erinnerte, durch das er selbst barbarisch geworden war. Er warf die Börse in einen Mülleimer, setzte sich in ein Café und bestellte sich einen Kaffee, um sich aufzuwärmen.

Er musste sich eine warme Jacke kaufen. Die Windjacke von Taylor war ihm inzwischen viel zu klein. Überhaupt passten ihm die abgetragenen Sachen anderer nicht mehr. Sein Onkel hatte ihm ein bisschen Geld mitgegeben. Doch das würde nicht lange reichen. Wie immer schienen die Probleme des Lebens unüberwindlich. Er hatte keine Ahnung, was er als Nächstes unternehmen sollte. Der Pfad, den Winter für ihn vorausgesehen hatte, war nirgends zu entdecken.

Er war aus einem Grund zurückgekommen. So lange hatte er bei ihr bleiben wollen, wie sie ihn brauchte, um sich bei ihr für die Freundlichkeit zu revanchieren, die sie ihm entgegengebracht hatte, um zu beenden, was nicht abgeschlossen war. Doch sie hatte diese Absicht sabotiert.

Sein Kaffee war ausgetrunken, doch er konnte sich nicht dazu aufraffen, seine Fahrt fortzusetzen. Er blieb an dem Tisch sitzen und beobachtete durchs Fenster, wie die Menschen in der Stadt kamen und gingen und wie die bleiche Sonne auf ihrem kurzen Weg über den Himmel wanderte. Es schien niemanden zu stören, dass er hier saß. Und niemand störte ihn, nur die Kellnerin, die ihm ungefragt eine Suppe und Brot brachte.

»Das geht aufs Haus«, sagte sie, »von meiner Chefin. Sie meinte, du sähst verfroren und traurig aus. Sie meinte, das würde dich aufwärmen.«

Emanuel stammelte ein Danke.

Während des Essens läutete sein Smartphone. Er zog es hervor und runzelte die Stirn, als er die unbekannte Nummer sah. Die Stimme am anderen Ende war schwer zu verstehen, und was sie sagte, ergab keinerlei Sinn für ihn. Alles, was er verstand, waren die Worte »Underberg« und »Krankenhaus«.

Er brauchte eine Zeit, um hinzufinden. Es war ein kleines, unscheinbares Gebäude mit einem Kreuz darauf und einem Schild mit der Aufschrift: SISTERS IN CHRIST'S MERCY COMMUNITY HOSPITAL. Er hatte keine Ahnung, was er hier sollte, warum er hergerufen worden war. Höchstwahrscheinlich wollten sie, dass er sich die Leiche ansah und bestätigte, dass es sich bei dem, was sie vom Berg geholt hatten, um sie handelte. Woher sie seine Nummer hatten, wusste er nicht. Vielleicht hatten sie all die nicht erwiderten Anrufe auf ihrem Smartphone gesehen.

Sie führten ihn in die Pathologie, wo sich wohl ihre sterblichen Überreste befanden. Er blieb eine ganze Weile vor der ihm zugewiesenen Tür stehen, sammelte Mut und bereitete sich vor. Es war ein Vierbettzimmer, und zu seiner Überraschung befanden sich in drei der Betten lebendige Patienten. In einem davon lag eine Frau mit stark bandagierten Händen und zur Wand gedrehtem Gesicht, die leise vor sich hin jammerte. Im vierten Bett lag ein Kopf auf einem Kissen, der Rest des Körpers war unter Decken verborgen.

Er kannte den Kopf und den dazugehörigen Körper. Doch es handelte sich nicht um eine Leiche.

Ihre Augen öffneten sich wie die Lamellen einer Jalousie beim Hochziehen, und sie sah ihn mit einem lebendigen Blick an.

»Gib mir Wasser«, krächzte sie benommen. »Du wirst es mir einflößen müssen. Ich spüre meine Finger nicht.«

Ihre Worte waren undeutlich, als hätten auch ihre Lippen die Funktion verloren. Er bemerkte die Wunden, die der Frost dort in ihre Haut gebissen hatte. Sie sah so klein aus, wie sie da lag in dem weißen Krankenhaushemd, winzig klein zusammengeschrumpft.

Er nahm den Becher mit dem Trinkhalm, der neben ihrem Bett stand, und hielt ihn ihr an den Mund.

»Ich dachte, du wärst tot«, sagte er. »Ich habe gesehen, wie sie dich vom Berg heruntergebracht haben. Ich war mir sicher, es wäre deine Leiche, was sie da transportierten.«

Sie bedachte ihn mit einem aufgesetzten Lächeln.

»Ich hoffe, du hast angemessen getrauert. Jetzt weißt du, was es bedeutet, sich unnötig um eine andere Person zu sorgen.«

Es schien alles gesagt zu sein. Sie holte ihre Hände, die rot, geschwollen und mit dicken Frostbeulen überzogen waren, unter den Laken hervor und deutete auf die Frau mit den bandagierten Händen.

»Sie haben ihr Haus angezündet«, flüsterte Winter ihm zu. »Ihr Baby war drinnen. Sie hat die Fensterscheiben mit den Händen eingeschlagen, aber sie konnte die Gitterstäbe nicht auseinanderbiegen. So eine Tragödie. Sie sagte, es sei Absicht gewesen, weil sie Simbabwerin ist, keine Einheimische. Sie hatten sie gewarnt.«

Er nickte: Das überraschte ihn nicht. Er kannte viele ähnliche Geschichten. Sein vom Krieg gebeuteltes Land war von Boshaftigkeit geprägt, doch dieses Land konnte genauso grausam sein.

»Wie konntest du das tun?« Es gelang ihm nicht, die Frage zurückzuhalten. »Wie konntest du dich selbst umbringen? Warum?«

»Du weißt, warum«, erwiderte sie. »Du hast den Brief gelesen, den ich dir dagelassen habe. Ich wollte nicht länger allein sein.«

Sie wandte ihr Gesicht zum Kissen.

»Du warst nicht allein«, sagte er in Abwandlung der Worte, die sie damals zu ihm gesagt hatte. »Jemand war bei dir. Ein Mensch, dem es nicht egal ist, was mit dir geschieht.«

»Ich habe geglaubt, du würdest bei deinem Onkel bleiben. Ich habe geglaubt, du kämst nicht zurück. Ich war feige«, erklärte sie. »Ich habe mich an deine Gesellschaft gewöhnt. Mit dem einsamen Leben, das mich erwartet hätte, bin ich nicht klargekommen.«

»Aber ich bin zurückgekommen. Ich habe dir gesagt, dass ich zurückkomme.«

»Ja, hast du gesagt.«

»Ich bin sehr wütend auf dich«, sagte er.

»Es tut mir leid.«

»Als ich gesehen habe, wie sie dich vom Berg herunterbringen, dachte ich, du wärst tot. Ich dachte, du wärst für immer fort. Ich war so zornig.«

»Doch hier bin ich.« Sie grinste. »Und ich strample immer noch. Der Tod wollte mich noch nicht haben.«

Er erwiderte das Lächeln nicht.

Wie müde sie aussah. Wie gebrechlich und freudlos und niedergeschlagen.

»Schau nicht so sorgenvoll«, sagte sie. »Vielleicht freut es dich zu hören, dass ich meinen Todeswunsch aufgegeben habe. Vorerst. Ich habe mich entschieden, noch ein bisschen länger zu bleiben. Wenn ich immer noch da bin, muss das daran liegen, dass mein Platz in der nächsten Welt noch nicht vorbereitet ist. Wenn ich zu früh hinübergehe, könnte ich in dem Vakuum zwischen den Welten hängen bleiben, wo ich den größten Teil meines Lebens verbracht habe. Das ist kein angenehmer Ort für die Ewigkeit.«

Er freute sich darüber, wieder einen Hauch ihres alten Feuers zu erkennen.

Vorsichtig nahm er ihre vom Frost geschundenen Hände in die seinen und betrachtete ihre knotigen Finger, die so viel Leben in sich gehabt hatten. Wie braune Erde breiteten sich die Altersflecken darauf aus. Zu einer anderen Zeit und an einem anderen Ort hätte er sie gerne gemalt.

»Du siehst sehr ernst aus«, sagte sie. »Was denkst du?«

»Es ist ein Wunder«, erwiderte er, »dass du nicht gestorben bist.«

»Nun, ich bin nicht gestorben. Es braucht mehr als eine eiskalte Nacht auf dem Berg, um mich umzubringen.«

Er legte die Stirn in Falten und blickte in ihre Augen, die ihm ausweichen wollten.

»Aber was ist mit den Giftpilzen?«, fragte er. »Ich habe das leere Tütchen in deinem Wagen gefunden. Hast du alle geschluckt?«

»Ja«, sagte sie. »Bis auf den letzten Krümel.«

»Aber dann … Wieso haben sie dich nicht umgebracht?«

Sie sah von ihm fort, durch das kleine, vergitterte Fenster.

»Weil …«, begann sie. »Es hat sich herausgestellt, dass sie gar nicht von der giftigen Sorte waren.« Sie lächelte ihn verlegen an. »Ich dachte, sie wären es, aber ich habe mich geirrt. Sie waren harmlos. Es ist schwerer, als du glaubst, Pilze auseinanderzuhalten. Das Einzige, was ich hatte, war eine Unterkühlung und ein erfrorenes Herz.«

Er erwiderte ihr Lächeln nicht.

»Es war eine gute Generalprobe«, fuhr sie fort. »Ich habe mich schon verabschiedet. Also werde ich keine Angst haben, wenn die echte Zeit kommt, um hinüberzugehen. Mein Geist wird frei sein und ohne Bedauern gehen. Wie eine Kerzenflamme, die mit einem schnellen Luftholen ausgeblasen ist und nicht mehr existiert. Genau so will ich gehen.«

Sie sah ihn wieder an, aber er schwieg.

»In der Zwischenzeit habe ich beschlossen, dass ich mein Leben nicht mehr mit Warten zubringen werde. Dass ich diese letzte Phase der Fröhlichkeit widme. Wo auch immer sie zu finden ist.«

»Das freut mich.«

Er streckte seinen erschöpften Körper am Ende ihres Bettes aus, seine Hand hielt noch die ihre.

»Wie war es bei deinem Onkel in Kapstadt?«, fragte sie ihn.

»Ich war glücklich bei ihnen. Sie waren gut zu mir. Kapstadt war in Ordnung. Aber es war nicht mein Zuhause«, sagte er. »Mein Onkel will unbedingt, dass ich zurückkomme und dableibe. Er ruft mich jeden Tag an und sagt mir, dass ich zu ihm ziehen soll. Eines Tages gehe ich vielleicht zurück. Wenn der richtige Zeitpunkt da ist.«

Sie nickte, weil sie all das verstanden hatte, was er nicht ausgesprochen hatte.

»Und deine Mutter? Ist es dir gelungen, irgendetwas über sie herauszufinden?«

»Nein«, sagte er. »Das ist unmöglich. Mein Onkel hat es versucht. Im Kongo wimmelt es von vermissten Personen. Dort herrscht eine so große Verwirrung. Niemand weiß, wo die anderen geblieben sind.«

Er schwieg eine Weile.

»Mein Onkel versucht, für uns etwas zu organisieren. Damit wir dorthin zurückkönnen. Aber es ist schwierig mit den Asylpapieren. Wenn du das Land verlässt, riskierst du, dass du nicht zurückkannst. Ich weiß, dass sie nicht mehr am Leben ist«, sagte er sehr leise, und nach einer weiteren Pause: »Mein Vater auch. Wenn sie leben würden, hätten sie einen Weg gefunden, meinen Onkel zu kontaktieren.«

»Gib die Hoffnung nicht auf«, riet sie ihm und drückte seine Hand. »Es geschehen immer wieder Wunder. Irgendwann könnt ihr vielleicht doch wieder vereint sein.«

Ihre Stimme war schwach, die Augen fielen ihr zu. Er konnte sehen, wie sie einschlief.

Er kuschelte sich an ihre Beine, genau so, wie er es bei seiner Mutter immer gemacht hatte. Das war das Letzte, was er noch mitbekam bis zum Morgen.

Sein Traum war sehr klar. Darin war er gemeinsam mit Winter auf dem Berg, und sie lieferten sich eine Schneeballschlacht. Sie war viel jünger, er war viel jünger. Sie stolperten in eine Schneewehe und blieben lachend liegen. »Taylor«, sagte sie. »Ich bin so froh, dass du bei mir bist. Allein hätte ich nicht hierherkommen wollen.«

Sie nahm seine Hand und rannte mit ihm in die tiefen Schneewehen hinein.

Als er aufwachte, war seine Hand kalt, darin war ein Eisklumpen. Seine Finger waren taub und ließen sich nicht von den Eisstäben lösen, mit denen sie verflochten waren.

Sie lag genauso da, wie er sie zuletzt gesehen hatte. Ihr weißes Haar war über dem Kissen ausgebreitet, und auf ihrem Gesicht lag ein Lächeln. Ihre Augen waren geöffnet und starrten ihn an. Doch sie sahen nichts, ihr Geist war entwichen.

Kapitel 23

Sein Onkel blieb beharrlich.

»Du musst zurückkommen«, sagte er. »Es gibt keinen Grund mehr für dich zu bleiben. Dein Zuhause ist hier. Wir vermissen dich sehr.«

Sie holten ihn mit der ganzen Familie am Flughafen ab. Sein Onkel, die Tante und die drei Kinder sowie einige Freunde. Als er durch die Türen des Ankunftsbereichs kam, überschwemmten sie ihn in einer Woge aus glücklichen Umarmungen und fröhlichem Geplapper – als wäre er eine Berühmtheit, die einen besonderen Empfang verdiente.

»Das mit deiner Mutter Winter tut mir leid«, sagte sein Onkel. »Segen sei mit ihr im nächsten Leben. Sie war eine ganz besondere Frau. Sehr gut zu dir. Es ist gut, dass sie jetzt ihren Frieden gefunden hat.«

Großzügig, wie er war, hatte er ihre Beerdigung bezahlt. Es hatte keine Totenfeier gegeben. Emanuel wusste, dass Winter keine Feier gewollt hätte. Ihm hätte es gefallen, wenn ihre Beerdigung am Berg mit Schakalen und Geiern als Gästen stattgefunden hätte. So wie sie es sich gewünscht hatte. Doch das war zu schwierig zu organisieren gewesen.

Sein Onkel räusperte sich. Er sah betreten aus, so als erwartete er irgendetwas.

»Hast du Gepäck?«, fragte er.

Er hatte nur seinen Rucksack mit den Malsachen und seiner einzigen Garnitur Wechselwäsche bei sich. Die Wohnung und alle Sachen darin hatte er so zurückgelassen, wie sie war. Er wollte zu einem späteren Zeitpunkt wiederkehren und sich darum kümmern, wenn ihm das Herz nicht mehr so schmerzte. Doch sein Onkel schien ihn trotzdem noch nicht zum Ausgang begleiten zu wollen.

»Komm, setz dich kurz hierher. Ich habe Neuigkeiten für dich«, sagte er.

Er bugsierte ihn zu den Treppen in der Ankunftshalle, wohin auch die restliche Familie bereits unterwegs war.

»Ich bin in Kinshasa gewesen«, begann er. »Ich konnte dich nicht mitnehmen, weil deine Papiere noch nicht unbefristet sind. Auch wollte ich dich dem Risiko, das diese Reise ist, nicht aussetzen. Ich wusste ja nicht, wie sie endet.«

»Und? Was ist dort passiert? Was hast du herausgefunden?«, fragte Emanuel, ohne Luft zu holen.

»In Kinshasa habe ich nichts Brauchbares gefunden. Dann bin ich nach Kisangani gefahren, wo unsere Verwandten leben. Das war eine sehr schwierige Reise. Und eine teure. Es ist nicht einfach, Lastwagen zu finden, auf denen man mitfahren kann, und sehr gefährlich. Es gab Momente, in denen ich nicht mehr geglaubt habe, dass ich es lebendig zurückschaffe. Doch Jahwe hat auf mich aufgepasst.«

»Konntest du etwas Neues herausfinden?«, fragte Emanuel.

»Ein bisschen etwas«, antwortete sein Onkel langsam. »Von deinen Schwestern habe ich keine Spur gefunden. Aber ich habe Neuigkeiten von meinem Bruder, deinem Vater. Keine guten«, sagte er ernst. »Er hat es über die Grenze von Uganda nach Kivu geschafft. Aber dort, so sieht es aus, ist er in das Massaker hineingeraten. Er ist beinahe sicher tot, sonst wäre er nach Kisangani gegangen oder hätte unseren Verwandten zumindest eine Nachricht zukommen lassen, damit wir gewusst hätten, dass er lebt. Sie haben nichts von ihm gesehen oder gehört.«

»Und … meine Mutter?«, flüsterte Emanuel.

Bei dieser Frage veränderte sich der Gesichtsausdruck seines Onkels: Er wurde geheimnistuerisch, war nicht mehr zu deuten.

»Das werde ich dir bald erzählen«, sagte er. »Doch es wartet noch jemand hier, der mit dir sprechen will. Dort hinter dir. Sie wartet schon lange.«

Emanuel wirbelte herum.

Zwischen den Trauben aus ankommenden Passagieren und denjenigen, die warteten, um jemanden abzuholen, blieb sein Blick an einer unauffälligen Gestalt hängen, die still auf einem Stuhl saß und ihn betrachtete. Die Flughafengeräusche wurden leiser. Alle Luft blieb in seiner Brust gefangen. Sie starrten sich über die Entfernung hin an. Seine Augen hafteten an den ihren, sie würden sich nie wieder losreißen.

Sie hatte die typischen Gesichtszüge der Kivutier, war dünn wie eine Schlange, und ihre Augen waren unruhig. Sie trug ein Batikkleid in den Farben des Kongo und hatte sich ein bunt geblümtes Tuch um den Kopf geschlungen.

Er hätte sie überall erkannt.

Der Bestseller aus Japan: Wer Krimi-Meister
Higashino kennt, wird von seinem neuen
Roman verblüfft sein! Bewegend, inspi-
rierend und mit einem Hauch Zeitreise.

416 Seiten. ISBN 978-3-8090-2710-2

Es ist kurz vor Mitternacht, als drei junge Einbrecher in
einen verlassenen Gemischtwarenladen eindringen, um
nach ihrem Raubzug unterzutauchen. Doch Atsuya, Shota
und Kohei wird keine ruhige Stunde bis zum Morgengrauen gewährt: Ein Brief wird von außen durch einen
Schlitz in den Laden geworfen, obwohl in der Dunkelheit
vor der Tür kein Mensch zu sehen ist. Als ihn die erstaun-
ten Kleinkriminellen öffnen, beginnt eine unglaubliche
Geschichte, die eine Nacht lang das Leben unzähliger
Menschen verändern wird – und eigentlich begann sie
vor über dreißig Jahren, als ein weiser alter Mann mit
seinen Worten kleine Wunder vollbringen konnte.

Lesen Sie mehr unter: **www.limes-verlag.de**

Wofür lohnt es sich zu leben? Diese Frage stellen sich acht Kursteilnehmer, während sie ihre eigenen Särge bauen.

448 Seiten. ISBN 978-3-8090-2741-6

Auf der privaten schwedischen Insel Lövensö treffen sich acht Menschen, um an einem ungewöhnlichen Kurs teilzunehmen: Sie bauen ihre eigenen Särge! Samuel Miller, der 72-jährige Kursleiter, hat sie aus den Bewerbern handverlesen. Es sind Menschen jeden Alters und unterschiedlicher Herkunft. Und jeder oder jede hat ganz eigene Gründe für die Teilnahme am Kurs. Während sich die Teilnehmer näher kennenlernen, wird viel gelacht, erzählt und über den Tod philosophiert. Doch unbemerkt von der Gruppe hat sich eine weitere Person auf die Insel geschlichen. Und auch die Teilnehmer haben das eine oder andere Geheimnis zu verbergen. Da ist Trubel vorprogrammiert!

Lesen Sie mehr unter: **www.limes-verlag.de**